1인 뷰티샵 원장 1년 만에
순수익 6000만 원 올리기 프로젝트

1인 뷰티샵 원장 1년 만에
순수익 6000만 원 올리기 프로젝트

초판인쇄	2024년 5월 27일
초판발행	2024년 5월 31일
지은이	나현희
발행인	조현수
펴낸곳	도서출판 더로드
기획	조영재
마케팅	최문섭
본사	경기도 파주시 광인사길 68, 201-4호(문발동)
물류센터	경기도 파주시 산남동 693-1
전화	031-942-5366
팩스	031-942-5368
이메일	provence70@naver.com
등록번호	제2015-000135호
등록	2015년 6월 18일

정가 17,000원
ISBN 979-11-6338-458-8 (03810)

1인 뷰티샵 원장

1년 만에 순수익 6000만원 올리기 프로젝트

나현희 지음

도서출판 더 로드
The Road Books

언니 말 한번 들어볼래?

언니는 20대 기억을 좋아하는 편은 아니었어. 하루하루 버티면서 살아온 기억의 비중이 커서 그런지 어릴 적으로 다시 돌아가고 싶다는 친구들의 말에 공감하지 못했지. 항상 30대인 지금이 행복하다고 말하고 다녀. 언니는 미용학원도 없고 인구가 4만 명도 채 되지 않는 시골에서 자랐어. 17살에 미용 고등학교에 진학하려 했는데 부모님의 완강한 반대로 대학생 때 처음 미용을 접하게 되었어. 나를 제외한 친구들 대부분이 미용

고등학교 졸업생이어서 항상 꼴찌를 했어. 너희도 알다시피 미용 고등학교에서는 하루 종일 실습 위주의 수업을 해주잖아? 언니는 대학교 1학년 첫 수업에, 파마를 할 때 파지가 먼저인지 롯드가 먼저인지도 몰랐고 커트 수업, 파마 수업, 메이크업 수업, 드라이 수업을 다 들을 때도 항상 헤매다가 모든 수업이 끝나고 몇 시간 동안 혼자 남아서 한 뒤에야 강의실에서 나갈 수 있었어. 어쩔 수 없는 결과였지. 그냥 받아들이기로 했어.

그렇게 한 달을 해보고는 다른 친구들보다 실무 경험은 조금이라도 먼저 시작하고 싶은 욕심이 생겼지. 미용실 주말 아르바이트를 시작했어. 주말마다 아침 9시부터 저녁 8시까지 근무하다가 길고 긴 대학교 방학이 시작되면, 다른 친구들처럼 본가로 돌아가지 않고 기숙사에 살면서 하루 종일 미용실에 박혀서 일만 했었어. 난 원래 천성이 느리고 이해나 습득하는 속도가 느려서 항상 혼나면서 배운 기억뿐이야. 하루 종일 혼이 난 날은 혼자 사는 방으로 들어가 엄마와 통화하고 나서는 엉엉 울기를 반복했어. 너희도 알지? 부모님과 혼자 떨어져 지낼 때 아프거나 일이 힘든 날이면 어찌나 서럽던지..

   그랬던 적 있는 친구들이 꽤 있을 거라고 생각해. 근데 괜찮아. 혼자 있을 때 맘 편하게 엉엉 울어버려. 그러고 다음날은 아무렇지 않게 또다시 이겨내는 거야. 그렇게 하루하루 이겨내다 보면 분명히 빛을 내는 날이 오게 되어있어. 언니 봐봐. 지금 이렇게 너희가 볼 수 있는 책도 쓰고 있잖아? 누구나 다 꽃처럼 피어날 시기가 있어.

다시 그때 이야기를 해볼게. 언니는 실력이 부족했기 때문에 하루 종일 서 있기만 하다가 발목 아킬레스건 쪽에 있는 인대가 늘어나서 깁스를 한 채로 하루 종일 근무를 한 적도 있어. 그렇게 버텨 내다 드디어 디자이너로 승급하고 나서는 초급 디자이너 때 신규 손님이 넘쳐나는 대학가에서 4년 동안 일을 했어. 너무 바빠서 밥 한 끼도 못 먹고 일하는 건 기본이고, 화장실 갈 여유도 없이 고객들을 3, 4명씩 한꺼번에 앉혀서 일하다가 어깨 위로 팔이 올라가지 않는 고통에 또 엉엉 울면서 샤 위한 적도 많아. 도와주는 인턴이 있었는데도 디자이너가 더 많았던 매장이어서 손이 늘 부족했거든. 그래도 언니는 포기하지 않았어. 미용이 재밌기도 했고 같이 일하는 사람들과 으쌰으쌰하는 분위기가 좋았거든. 그렇게 부산에서 8년 정도를 일하다가 자리가 다 잡힌 상태에서 문득 더 큰 곳으로 가서 미용 일을 해보고 싶어진 거야. 항상 서울은 여기랑 얼마나 다를까? 싶기도 했거든. 그래서 무작정 서울로 이사를 가버렸어. 물론 직장은 미리 구해놓고 갔지. 그때부터 언니의 인생이 힘들게 꼬여버리기 시작했어. 여기서 느낀 건 서울에서 미용을 하고 싶다면 한 살이라도 어릴 때 올라가란 이야기를 해주고 싶어. 언니는 20대 후반에 올라가서 개고생했거든. 물론 준비를 철저하게 했다면 늦은 나이도 상관없어. 언니는 아무 준비나 생각도 없이 큰 곳으로 올라 가버려서 힘든 게 어찌 보면 당연한 결과였어. 일단 부딪혀 보자는 생각으로 갔지.

근데 부산과는 비교할 수 없을 만큼 비싼 월세와 태어나서 한 번도 경험해 본 적 없는 지옥철을 매일 타고 출퇴근을 하고, 콧대 높은 서울 사람들 사이에서 뼛속까지 촌년인 내가 버텨 내기란 정말 힘들었어. 그중에서 제일 힘들었던 건 바로 돈이었지. 돈을 한 번도 모을 여유가 없던 내가, 올라가서 숨만 쉬어도 100만 원 이상씩 나가버리니까 카드로 돌려막기를 하는 지경까지 이르렀어. 그땐 정말 죽고 싶을 만큼 힘들었어. 차

라리 몸이 힘든 게 낫지. 돈이 엮여버리면 정말 위험해. 너희도 신용카드로 돌려막는 짓은 절대 안 했으면 좋겠다. 언니는 그때 처음으로 우울의 구렁텅이 속으로 깊숙이 빠졌었어. 돈을 벌어도 카드값으로 다 갚아야 하니까, 벌어도 버는 게 아니었고 마이너스 인생만 살게 되었어. 그 패턴에서 너무 벗어나고 싶어서 2년 정도 버티다가 다시 고향으로 내려와 버렸어. 부모님께 호되게 혼났지만 그래도 카드 돌려막기를 해야 하는 삶이 더 무서웠거든. 내려온 뒤에 부모님 도움으로 1인 미용실 매장을 운영하게 되었어. 지금부터가 중요해.

이제 뒤에 시작될 내용들은 미용실을 오픈하고 싶은데 지금 당장 막막할 너희를 위한 팁들을 계속 던져줄 거거든. 전부 언니 경험에서 나온 꿀팁들이니까, 다 꼼꼼히 읽고 필요할 때 언제든지 꺼내볼 수 있게 잘 정리해 볼게. 난 미용을 시작하는 사람이나 너희처럼 매장 오픈을 고민하는 친구들, 또는 학원에서 미용을 배우고 바로 매장을 운영하고 싶은 사람들을 도와주고 싶거든. 요즘은 인력을 많이 뽑지 않아서 인턴을 쓰지 않는 미용실들이 늘어나고 있잖아. 언니처럼 힘든 과정을 그대로 맞닥뜨리지 말고 우여곡절을 최대한 줄일 수 있게 도와줄게. 너희는 미용업계를 앞으로 이끌어갈 귀한 존재들이니까. 이 한 권에 미용실을 혼자 힘으로 오픈하는 방법을 가득 담아놨어. 꼭 1인 미용실을 할 사람이 아니어도 좋아. 디자이너로써 알고 있어야 할 정보들도 많으니까. 특히 기술적인 면도 중요하지만 5장 6장에 있는 멘탈 관리법도 정말 중요하니까 빼놓지 않고 봐줬으면 해. 현대사회는 정신과 체력을 같이 관리해야 성공할 수 있어.

애들아, 오늘 하루도 잘 이겨내자. 버티는 사람이 승리하는 거 알지? 존버는 승리한다! 파이팅.

제2장

1인 미용실 컨셉 잡기

제3장

1인 미용실 마케팅, 뭐부터 할까요?

제4장

고객 관리는 매출로 이어진다
(재방문율 60% 달성 비법)

제5장

유리멘탈이 되기 쉬운 직업, 헤어디자이너

제6장

100일, 습관을 만들 수 있는 시간

제1장

1인 미용실의
시작

1

나는 1인 미용실과 잘 맞을까?

미용실 오픈 전에 있어서 첫 번째 고민은 어떤 미용실을 오픈할 건지야. 혼자서 처음부터 끝까지 일하는 1인 미용실을 할 수도 있고 직원을 2, 3명 이상 구해서 중소형 매장이나 프랜차이즈를 운영할 수도 있지. 언니는 인턴일 때 대형 프랜차이즈 매장에만 근무한 적이 있어. 대학교와 연계된 곳도 많았고 겉모습이 멋져 보이고, 교육이 체계적으로 되어있어서 안정적으로 키워줄 것 같았거든. 근데 막상 1년 동안 일을 해봤는데 틀에 박힌 생활과 규율, 규칙이 많은 곳이 나랑 맞지 않았어.

평소에 느려터진 성격인 내가, 식사 시간과 양치질까지 포함해서 재단장하는데 20분 안에 끝내야 하는 곳들이라 매일 체해서 6개월 정도는 밥에 케첩만 대충 뿌려 먹고 나갈 때가 많았어. 늦었다고 욕 듣기도 싫었고 남에게 피해 주는 건 특히 싫어했거든. 그 당시에 특이한 사람들만 출연하는 TV 프로그램이 있었는데 디자이너 선생님들이 밥에 케첩만 잔뜩 뿌려 먹는 나한테, 막 웃으면서 그 프로그램에 지원해 보라면서 말하던 기억이 아직도 생생해. 어린 나이에 충격받았던 것 같아. 언니는 그저 남한테 피해 주기 싫어서 빨리 먹고 나가려고 한 선택이었으니까. 그 후에는 디자이너 승급 후 중소형미용실로 옮긴 뒤 직원이 최대 10명 정도인 미용실에서만 근무해 왔던 거 같아. 물론 그곳들도 시스템이 존재해야 했기에 식사 시간은 정해져 있었어. 그래도 나한테는 숨이 덜 막혔지. 경험이 중요하기 때문에 너희도 다양한 곳에서 근무 경험을 쌓아야만 해. 그래야 언니처럼 어떤 크기의 미용실 매장이 나한테 잘 맞는지 알 수가 있거든. 직접 해보지 않으면 아무도 몰라.

내 친구들은 나한테 외향적이라고들 하는데, 나이가 들어갈수록 진짜 내 모습을 하나씩 찾아갔어. 조용한 걸 좋아하고 음악도 클래식이나 재즈를 즐겨들어. 즐겨 가는 곳도 절을 좋아하는 편이고, 조용한 배경에 울리는 종소리와 빗소리를 좋아하거든. 시끄러운 사람들과 오랜 시간 동안 같이 있을 때 어느 순간 지쳐있는 내 모습을 발견했어. 요즘 언어로 말하자면 MBTI 중 I 성향이 있는 사람인 거지. 조용한 공간에서 생각하는 걸 좋아하다 보니 부모님과 같이 생활하는 지금 집에서는, 온 가족이 잠든 새벽이나 그걸로도 부족한 날은 조용한 독서실에 가서 혼자만의 시간을 꼭 만드는 편이야. 이런 나의 성향을 확실히 알게 된 후로는 1인 미용실이 나에게 적합하다고 생각했어.

너희는 어떤 성향인지 궁금하다. 반드시 I 성향이 1인 미용실에 잘 맞을 거란 말은 절대 아니야. 언니는 근무 환경에 예민하고 1대 1 시술을 통해 한 사람에게만 집중할 수 있는 형태가 마음에 들었거든. 완전 만족스러워. 꼭 '어떤 미용실을 오픈해라' 이런 의도가 아니고 자기한테 잘 맞는 유형의 미용실을 알아야 재밌게 즐기면서 일을 할 수 있어. 잘하는 사람도 즐기는 사람을 따라갈 수가 없거든. 질리지 않고 오래 할 수 있는 걸 선택해야 해. 너희의 성향을 알고 있다고 생각해? 미용실 창업

할 때는 추구하는 근무 환경도 중요하지만, 자신의 성향을 아는 게 훨씬 도움이 많이 되거든. 단 몇 분만이라도 눈을 감고 잘 생각해 봐. 나는 어떤 걸 좋아하고 어떤 근무 환경이 더 잘 맞는지 말이야. 물론, 이건 여러 군데 매장에서 일을 해 봤어야 알 수 있어.

  꼭 여러 매장을 다녀 보길 바라. 잦은 근무지 이동을 하는 건 안 되고 꾸준하게 한 군데에서 1년 이상은 근무해 봐야 알아. 힘들어도 그동안은 잘 견뎌야 해. 견디는 연습도 나중에 나이 들었을 때 꼭 필요하거든. 젊을 때 고생하는 게 나아. 이건 팩트야. 조금이라도 체력이 좋을 때 힘든 게 나은 것 같아. 그러니까 20대 초, 중반 때는 무조건 어디서든지 악착같이 버티는 연습을 해봐. 그러다 보면 아무리 악덕 사장의 밑이라도 배울 점이 한 가지씩은 있을 거야. 좋은 점과 별로인 점을 잘 기억해 뒀다가 너희가 원장이 되면 도움 되는 것들만 써먹으면 되는 거지. 그래서 여러 군데를 다니는 경험이 중요해. 사람마다 배울 점이 한 가지씩은 있거든.

  더 중요한 건 1인 미용실이 장점만 있는 건 아니야. 대형 매장에서 인턴들과 같이하던 거울 닦기, 바닥 청소, 커피머신 청소, 쓰레기통 비우기, 화장실 청소, 롯드 정리, 염색약 정리, 재료 시키기, 수건 빨래하기, 출입문 닦기, 카운터 정리, 예약 잡기, 앞뒤 예약 시간 조정, 전화응대, 웰컴 티 드리기, 시술 비용계산 등 모든 게 우리가 해야 할 일이야. 이거뿐일까? 원장이 해야 할 일인 우리 매장 홍보하기, 세금 신고하기, 신규 고객 유치 이벤트 매일 생각하기, 우리 미용실의 비전 생각해야 하는 것도 물론이고 디자이너로써 매출 올리기, 재방문 유도하기, 꾸준한 기술 교육받기, 고객 관리들도 모두 혼자만의 몫이지. 정말 많지? 그 누구의 도움 없이 너희 혼자서 해야만 하는 일들이 지금 생각나는 것들만 나열해도 이 정도야. 언니는 처음에 워라밸을 꿈꾸고 1인 매장을 열었는데 막상 해보니 일하는 사람이 달랑 나 혼자라, 마음 편하게 쉬질 못하겠더라. 일단 원장의 위치에 올라가면 신경 써야 할 것이 한둘이 아니야. 미용실 운영만으로 우리가 일하지 않아도 통장에 돈이 꽂히게 하려면 직원을 구해야만 하는 시스템이지. 매장에서 유일한 원장이자 디자이너인 내가 쉬어버리는 순간, 통장에 들어오는 돈은 멈추게 돼. 이런 경우의 수를 모두 생각해 본 다음에 결정하는 거야. 최대한 마음의 준비를 하고 시작해도 예상치 못한 상황들이 너희 앞에 발생하게 되지. 그게 바로 사업인 것 같아. 언니는 사업 초창기에 방법을 알려줄 사람이 주위에 단 한명도 존재하지 않았어. 항상 맨땅에 헤딩 격이었지. 그래도 너희는 이제 나를 알게 되었으니 여러 가지를 생각해 볼 수 있는 여유가 있잖아. 꼭 많이 참고해서 좋은 결정들을 하길 바랄게.

정리해 보자면,
1. 경험을 키우기 위해 여러 크기의 매장을 1년 이상씩 일해보기.
2. 배울 점, 배우지 않을 점들을 잘 파악하고 나오기.(그냥 아무 생각 없이 일하면 안 된다!)
3. 내 성향과 잘 맞았던 매장 생각하기.

이 챕터에서는 이 정도만 기억해도 너희는 성공이야. 아주 잘했어. 혹시 당장 매장 운영 계획이 없는 친구라도 괜찮아. 분명히 들어놓으면 도움이 될 거야.

2

1인 미용실 vs 중소형 미용실

대학을 졸업하거나 고등학교를 졸업하고 나서 평균적으로 남 밑에서 4, 5년 정도 일하다 보면 자신의 매장을 하고 싶어 하는 경우가 대부분이야. 하루하루를 치열하게 경쟁하면서 살다 보면 나만의 아늑한 공간을 갖고 싶어 하게 돼 있거든. 이제 나만의 매장을 꾸려나가야 하는데 처음에는 누구나 막막해. 나 혼자 일 할지, 몇 명이라도 구해서 같이 할지 또다시 고민이 시작되지. 언니 주위를 보면 1인 매장으로 시작해서 고객이 넘쳐날 때쯤 1, 2명 직원을 고용해서 확장 이전을 하는 경우도 많아. 간혹 남들보다 큰 꿈을 품은 사람들은 처음부터 중 소형 매장을 오픈해서 3, 4명부터 시작하는 곳도 있지. 프랜차이즈로 확장을 꿈꾸는 사람들이야.

근데 나는 너희에게 처음부터 너무 넓은 매장을 오픈하는 건 추천해 주고 싶진 않아. 코로나가 터진 이후부터 지금까지는 독립된 공간을 선호하는 고객들도 많이 늘어났거든. 지금 1인 매장이 많아진 이유가 바로 그거야. 다른 고객들과 최대한 적게 마주칠 수 있는 1인 미용실의 방문을 선호하고 있지. 물론 아닌 고객들도 여전히 많이 존재해. 프랜차이즈 대형 매장의 분위기를 선호하는 분들이야. 체계적이고 다양한 디자이너의 헤어스타일을 경험해볼 수 있고 시끌벅적하고 화기애애한 분위기를 원하는 분들도 많거든. 오너로서 어떤 매장의 운영 방식을 선택하든, 모든 사람의 선택을 받을 수는 없어. 모든 사람의 사랑을 받는 기업이 드문 것처럼 말이야. 사람마다 좋아하는 스타일의 분위기나 취향이 있는 거니까. 그래서 너희는 각자의 성향에 맞게 운영하면서 거기에 특화된 분위기를 연출해 주면 돼. 앞에도 언급했듯이 절대 사업은 원하는 대로만 흘러가지 않아. 너무 시작부터 완벽하게 정해놓고 그거대로만 진행 시켜야 직성이 풀리는 사람은 사업이랑 어울리지 않는 거 같아. 어떤 직종이건 큰 틀을 정해놓은 상태에서 시작해야 하는 건 맞지만, 그 안에서 여러 가지 일어나는 상황에 유연하게 대응하는 자세도 엄청 중요해.

그래서 결국엔 1인 매장과 중 소형매장 선택은 크게 중요치 않아. 지금까지 마음이 맞는 사람들과 함께 처음부터 중형 매장을 오픈하는 사람들도 많이 봤고, 1인 매장을 오픈해서 자신이 감당할 수 있는 정도만 예약받으면서 운영하는 사람도 많이 보았어. 성향에 맞게 어떤 형태의 미용실이 맞을지 결정하면 되는 거야. 언니는 고객님과 단둘이 시간을 매장에서 보내며, 고객들의 편안함을 우선으로 하는 분위기가 너무 좋아서 지금도 만족하는 중이야. 너희를 찾아와 주는 고객에게 어떤 분위기를 선물로 드리고 싶은지 생각해 보는 게 좋아. 나처럼 아늑하고 편안한 분위기를 선물해 줄 수도 있고 그 동네의 아지트 같이 여러 사람이 모여서 떠들썩한 행복한 분위기를 만들 수도 있어. 어떤 것을 선택하든 그 취향을 좋아하는 사람들이 모여들게 되어있어. 너희는 잘할 수 있어. 오늘도 응원할게.

3

나의 고객은 누구인가?
(타겟층 정하기)

　자, 어떤 미용실을 오픈할 건지 대충 느낌이 왔으면 내가 받고 싶고, 자신 있는 고객의 타겟층을 정할 차례야. 사람마다 다르겠지만 보통 자신의 나이에서 위, 아래로 10살 차이까지가 제일 대화가 잘 통해. 언니는 대학가에서 오랫동안 일을 해왔고, 나랑 나이대가 비슷하거나 좀 더 어린 나이와 대화가 통하고 어필할 자신 있었기 때문에 20, 30대를 타겟층으로 잡았어. 지역과 상권은 정할 수 있는 상황이 아니었어. 평균 연령대가 50, 60대인 시골 안에서 타겟층을 젊은 층으로 잡는다는 게 좀 무리가 있어 보이긴 했지만, 이번에도 밀어붙였어. 언니가 잘할 자신 있었거든. 그리고 실패하면 어때, 또 다른 타겟층을 노리면 그만이야. 그런 마음으로 시작했는데 지금은 90% 비중으로 내가 노렸던 20, 30대들이 방문해 주고 있어.

여기 지역에 와보면 실제로 거리에 걸어 다니는 사람은 50대 이상인 분들이 많아. 그래도 다행히 구석구석 숨어있던 젊은 층들이 온라인에 노출 되어있는 나의 매장을 보고 주기적으로 방문해 주고 있지. 다른 지역에서 몇 개월 동안 출장 오신 분들이나 이사를 오신 분들도 온라인을 통해 우리 매장을 예약해 주고 계셔. 만약 너희들 중에 누군가도 나와 비슷한 상황이라면 주저하지 말고 일단 시도해 봐. 시도해 보고 안 되면 그때 다른 걸 시도하면 되니까 겁내지 말고. 여기서 중요하게 생각해야 할 점은, 타겟층을 조절하는 방법이야. 언니가 원하는 타겟층이 눈에 많이 보이지 않으니까 나도 처음에는 불안했어. 근데 정말 간단한 방법이 있어.

너희가 만약 네이버를 통해서 예약받을 거라면, 소개란이나 예약할 때 잘 보이는 곳에 '20~30대 머리를 잘합니다'라고 작성해 놓는 거야. 혹은 '2030 전문 디자이너'라고 적어놔도 되겠지. 너희가 제일 자신 있는 타겟층이 알아서 와 주길 기다리면 절대 오지 않아. 직접 어필을 해야 해. 그러기 위해서는 네이버에 젊은 층의 머리 사진들을 많이 올려놓는 것도 방법 중 하나겠지? 멘트만 저렇게 해놓는 것보다, 증명해 줄 사진을 같이 올려놓게 되면 고객이 그걸 보고 방문을 고민해 볼 이유가 생기는 거지. 여기서 중요한 거! 예약하고 방문해 주는 고객을 가려서 받으면 안 된다는 거야. 내가 자신 있는 타겟층을 제시해 놓는 것과 처음부터 원하는 고객층만 골라서 예약을 받는 건 다르다는 걸 인지하고 있어야 해.

언니는 20, 30대 머리를 잘하고 자신 있다고 써 놓았는데도 50대 고객님이 매장에 예약하고 방문해 주셨을 때는, 그만한 이유가 있을 거라고 생각했어. 물론 예약할 때 못 보고 오신 걸 수도 있겠지만 젊은 스타일을 하고 싶어서 방문해 주셨거나, 와이프가 남편 헤어스타일을 젊은 스타일로 바꿔주고 싶을 때 그럴 경우가 있을 거라 예상했거든. 실제로 그런 고객님들이 많아. 의자에 앉자마자 '요즘 유행하는 스타일로 해주세요.'라거나 '젊어 보이게 해주세요.'라고 말씀하시지. 무슨 말인지 알겠지? 우리가 원하는 타겟층을 적어놓으면 그 타겟층이 우리에게 몰려올 확률만 높이는 방법인 거야. 고객에게 처음부터 20, 30대 고객만 예약받아요~랑은 다르다는 거지. 우리는 '다 잘하지만, 그중에 20, 30대 머리를 제일 잘해요.'라는 느낌으로 가야 해. 항상 다른 경우의 수를 대비해야 하거든.

1인 미용실에 적합한 상권은 어디인가?

　　타겟층을 정했으면 주변 상권을 알아보는 안목을 기를 차례야. 위의 경우는 나처럼 타겟층이 상권 위치와 잘 맞지 않는 친구들이 참고하면 좋아. 지금부터는 수도권의 기준으로 설명을 해줄게. 내가 정한 타겟층이 어느 상권에 밀집되어 있는지, 어디로 많이 움직이는지 미리 알고 매장의 위치를 정하면 신규 고객을 유입시킬 때 더 수월하게 할 수 있거든. 젊은 타겟층을 정했다면 대학가를 노려볼 수도 있고, 젊은 친구들이 자주 가는 술집이나 밥집들이 모여있는 번화가 상권들을 참고해

볼 수 있어. 대신 번화가 쪽으로 갈수록 마케팅을 필수로 해야 해. 만약 번화가가 아닌 동네에 매장을 오픈하고 어느 정도 자리가 잡히면 고정 손님으로 안정적인 매출을 유지할 수 있겠지만, 번화가로 갈수록 미용실이 많아서 경쟁이 치열해지기 때문이야. 주위에 새로운 매장이 생기면 한 번쯤은 가보고 싶은 게 사람 마음이거든. 우리에게 방문해 주는 충성 고객들이 언제까지나 우리에게만 와줄 거라 생각하지 않는 게 좋아. 언제든지 변할 수 있는 게 사람 마음이야. 그래서 상권마다 장단점을 미리 알고 결정하는 것도 도움이 될거야.

일단 대학가 주변에는 비교적 많은 미용실이 밀집되어 있지. 거기다가 가격 경쟁도 치열하게 해서 객단가가 점점 내려갈 수도 있어. 다들 신규 유입에 혈안이 되어있을 거니까. 실제로 언니가 부산 대학가에 위치한 미용실에서 4년 넘게 일을 한 적이 있는데, 500미터는 훨씬 넘는 거리에 일렬로 쫙 세워져 있는 건물마다 1, 2층은 미용실이었어. 고층에도 꽤 위치 해 있었지. 점점 가격 경쟁이 붙어서 너도나도 길가에 가격표를 붙여놓곤 했어. 거기서 피해 보는 건 누구겠어? 바로 일하는 디자이너들이야. 피해라는 단어는 좀 심할 수도 있긴 한데 우리

는 받는 객단가가 내려갈수록, 짧은 시간 안에 더 많은 고객을
받는 사람이 높은 월급을 받게 되기 때문이지. 그렇지만 대학
가의 장점은 확실히 신규 고객이 많이 유입될 수 있는 위치야.
너희 개개인마다의 전략을 잘 세워서 고정고객을 많이 늘릴 자
신이 있다면 대학가에 오픈하는 것도 괜찮다고 생각해.

    2번째 상권으로는, 부산 서면 한 가운데 있는 미용실에서
일한 적이 있어. 그곳은 정말 부산에서 손에 꼽힐 정도로 유동
인구가 넘쳐나는 곳이었지. 24시간 열려있는 미용실이었는데
디자이너들의 선택에 따라 오후 4, 5시부터 새벽 시간까지 근
무할 수 있는 곳이었어. 그 상권의 경우에는 아침과 낮에 방문
하는 고객이 현저히 낮았고, 근처 상가들 덕분에 밤에는 늘 고
객들이 붐볐지. 높은 매출을 치기 위해서는 밤 근무를 해야만
했어. 그때는 코로나가 존재하지 않았기 때문에 저녁 7시부터
술집으로 출근하거나 즐기러 가는 남녀 고객이 머리 드라이를
받기 위해 우르르 들어왔었고, 그 고객들이 우리의 매출 대부
분을 차지했던 기억이 있어. 거기 고객들은 머리카락 한 올에
도 예민하고 까다로운 분들이 많았는데 그로 인해 드라이 실력

이 눈에 띄게 늘게 되었지.

　다른 한 가지는 아파트 상가에 들어가는 방법도 있어. 이 경우는 고정고객을 조금만 노력하면 꽉 잡을 수 있지. 수요가 계속 생기는 상권이기도 해. 모든 연령층에 자신 있는 편이라면 추천하고 싶어. 대부분 가족 단위의 고객들이어서 가족 중 한 명의 머리를 만족시켜 주면 온 가족이 방문하게 될 확률이 높아지거든. 유아부터 노인까지 다양한 고객을 받을 수 있고, 아파트 상가에서 특정 타겟층을 원하는 경우도 사전 조사를 하면 되니까 걱정 안 해도 돼. 어떤 아파트는 젊은 부부가 많이 살고 또 다른 아파트는 노년 부부가 많이 사는 경우도 있으니까 사전 조사를 잘하고 들어가길 바랄게. 대신 아파트 상가에 들어갈 때의 단점 아닌 단점이 있어. 그건 바로 소문이 빠르게 퍼진다는 거야. 언니 친구 중에도 아파트 단지에 두 명이 1인 미용실을 오픈했는데 아기 엄마들 사이에서 안 좋은 소문이 날까 봐 행동거지를 항상 조심하고 있지.

　근데 어디에 매장을 차리던 작고 큰 소문은 생기기 마련이야. 너희는 소문이 무서워서 망설이진 않았으면 좋겠어. 어떤 사업을 시작하든지 여러 사람의 입방아에 오르기 쉽기 때문이지. 이건 지방일수록 소문이 빠르니까 웬만하면 좋은 소문만 나게 하는 것도 사업에 도움이 되긴 하겠지? 그렇다고 남의 시선을 너무 신경 쓰지는 마. 그럴 시간에 우린 기술 연마에 더 집중하면 돼. 난 너희가 잘할 거라고 믿어.

이번에는 미용실 층수에 관해서 이야기를 해볼게. 자연스럽게 사람들이 길거리를 지나다니면서 홍보되는 1층을 보통 선호하지. 지방에서는 비교적 쉽게 1층 자리를 들어갈 수 있어. 하지만 수도권으로 갈수록 월세에 대한 부담도 배제하지 못해. 한 달에 나가는 고정지출을 최대한 줄이고 시작하는 게 첫 사업에 도움이 되거든. 그래서 수도권으로 갈수록 고층에 미용실이 많이 위치한 이유기도 해. 자리가 잘 없기도 하고. 수도권으로 간다는 가정하에 설명을 해볼게. 위층으로 자리를 잡으면 지나다니는 사람들의 눈에 띄기 쉽지 않겠지? 그럴 때 필요한 게 바로 '배너'야. 앞에 언니가 말했던 대학가에 경쟁이 심했다 했잖아. 길거리에 한 발짝 걸을 때마다 다른 매장의 배너가 가득했거든. 그 많은 배너들 사이에서 눈에 띄게 하려면 색상이나 글자 크기, 폰트도 중요해. 물론, 이건 전문가에게 맡기는 게 좋긴 한데 우린 색상을 배운 미용인이잖아. 눈에 잘 띄게 하려면 배경색과 글자 색을 잘 생각해서 대략적인 디자인을 만들어 놓고 문의해 보는 것도 좋은 방법이야. 언니는 그렇게 하니까 만족도가 높아지더라고. 결국 자기만족이지 뭐.

주변에 있는 다른 배너들을 잘 살펴보고 그들이 하고 있지 않는 색상을 하는 게 좋은데, 무조건 눈에 잘 들어와야 해. 그래야 지나가는 잠재 고객들이 한 번쯤은 쳐다봐 주거든. 그 안에 적어놓은 문구로 고객의 마음을 혹하게 하는 거도 좋고. 멘트는 오픈 할인이벤트 00% 나, 첫 방문 시 할인 00% 등 명확한 숫자가 적혀있는 게 사람들 머릿속에 강하게 인식되니까 잊지 말고 참고해 보도록 해.

이번에는 언니가 후회했던 1가지를 말해줄게. 언니는 상가 1층에 마트였던 50평대 건물에 3분에 1을 잘라서 들어온 상황이야. 옆집보다 내가 먼저 들어와서 중간 벽을 세우는 공사를 진행하고 오픈했지. 옆집에 제발 편의점이나 커피숍, 아니더라도 조용한 매장이 들어오길 바라면서 지내는데 참치 횟집이 들어왔어. 옆집은 아침이 되면 사장님 취향대로 나이트 음악처럼 큰 노래 틀어놓고 청소하느라 시끄럽고, 밤이 되면 참치를 좋아하는 아저씨 손님들 목소리로 우리 매장까지 시끄러웠어. 그래도 언니는 다 같이 돈 많이 벌고 좋은 게 좋은 거지, 라고 생각하는 사람이어서 우리 매장 음악 소리를 키웠어. 원래는 조용한 클래식이나 재즈 위주로 틀어놨는데 우리 고객님들이 옆집 소음을 조금이라도 덜 듣게 해주고 싶었거든.

그런데 어느 날부터 옆집에서 자꾸 찾아오는 거야. 우리 매장에서 약 냄새가 너무 많이 흘러온다고. 열펌 고객이 있을 때마다 찾아오거나 나한테 카톡을 보내서 그냥 무시해 버렸어. 저렇게 자기 생각만 하는 사람한테 대꾸하기도 싫었거든. 너희에게 해주고 싶은 말은, 옆집에 어떤 직종이 장사하는지 확인해 보고 들어가는 것도 좋아. 1인 미용실이 피해 줄 만한 큰 소음이 생기진 않잖아. 약 냄새를 고려해서 들어가거나 단독으로 되어있는 건물에 들어가는 걸 추천해.

매장 안의 화장실 위치도 중요해. 앞에서 말한 언니가 후회하는 한 가지가 바로 화장실이거든. 옆집이랑 화장실을 같이 사용하는데 여간 불편한 게 아니야. 미용실은 특히 여자들이 머리를 다 까고 있는 상태에서 밖으로 나가는 걸 싫어하잖아. 언니도 술집이나 커피숍, 밥집을 갈 때 항상 화장실이 안에 있고 깨끗한 곳만 찾아가는데 우리 매장에 그걸 선택할 수 없어서 아쉬웠어. 위치가 화장실을 만들 수 없었거든. 2번째 매장에는 반드시 화장실부터 만들어 놓으려고 해. 핸드폰 메모장에 다음 매장에 꼭 해놓고 싶은 것들을 적어놓고 있어. 항상 '어떻게 하면 우리 고객들이 편할까?'라는 생각의 습관이 필요해. 처음부터 완벽한 사람은 없으니까 점점 채워나가면 된다고 생각해. 오늘도 같이 힘내보자!

최소 비용으로 트렌디한 인테리어 도전하기

　자, 미용실과 타겟층 선정 그리고 상권분석까지 끝냈다면 그다음 단계는 인테리어야. '인테리어'라는 단어를 들으면 막막하지 않아? 언니도 처음엔 그랬어. 미용실 위치는 일단 정했는데 원래 마트가 있던 자리여서 처음부터 인테리어를 다 해야 했기 때문에 막막하더라고. 업체에 모든 걸 맡기게 되면 비용이 어마어마하고. 그래서 내가 할 수 있는 건 셀프로 해보기로 했어.

언니는 우선 바닥에 있던 기존 타일을 제일 먼저 뜯었어. 미용실 바닥은 밝을수록 머리카락이 잘 보이는 거 알지? 일하다 보면 미처 쓸지 못한 머리카락들이 눈에 잘 띄거든. 바닥이 너무 밝은 건 비추천이야. 그렇다고 매장 안이 분위기가 너무 어두운 것도 피하는 게 좋아. 벽이나 바닥이 너무 어두우면 커트할 때 커트 선이 보이지 않을 때가 있기 때문이지. 언니가 고민 끝에 선택한 방법은 바닥 타일을 하나씩 일일이 다 벗겨낸 다음, 그대로 노출하기로 했어. 타일 제거 하는 것도 엄청 힘드니까 최대한 지인들이나 가족을 많이 불러서 같이 하는 게 좋아. 노출형 바닥이 제일 편한 거 같아. 자연스럽기도 하고. 인테리어 공사 맨 마지막에 바닥에 에폭시를 부어서 말렸지. 물론 언니 아빠가 해줬어. 우리 아빠는 만능꾼이거든. 혹시 너희도 반셀프로 인테리어 하게 되면 절대 바닥 공사 먼저 하면 안 돼. 바닥은 꼭 마지막이야.

일단 바닥 타일을 먼저 제거한 다음엔 천장을 제거했어. 바닥을 노출할 때는 천장도 같이 노출하는 게 1인 매장은 훨씬 넓어 보이더라. 다음으로는 조명을 떼어내고 쓰레기를 한 번에 다 치웠어. 이것도 아빠랑 했는데 정말 힘들었지. 그래도 좋은 경험이었다고 생각해. 아빠가 없었으면 언니는 해내지 못했을 거야. 자, 모든 걸 제거했다면 이제 채워 넣어야겠지? 청소를 한번 싹 한 다음에 가벽을 세웠어. 3분에 1지점에 가벽을 세우고 조명과 전기공사를 했어. 이때 너희가 미리 준비해 놓아야 할 거는 매장의 위치 설계도야. 그 공간에 어쩌면 집보다 오래 머물 수도 있기 때문에 최대한 일하는 동선을 편하게 짜야 해. 전기 콘센트 위치부터 경대 거울을 놓을 위치, 샴푸실 위치나 넓이(샴푸대 평균 길이는 종류별로 인터넷에 다 나와 있어), 직원실 들어가는 입구에 문턱을 만들 건지, 카운터 위치 등 모든 가구의 위치들을 머릿속에 상상하고 손으로도 꼭 그려놓길 바라. 그렇게 다 해 놓아도 공사가 끝난 뒤에 후회되는 점이 분명히 생길 수 있으니까 최대한 미리 해 놓았으면 좋겠어.

전기공사가 다 끝나고 나서 에어컨 냉온풍기를 설치했어. 비교적 좁은 1인 미용실에는 바람이 밑으로 바로 떨어질 수도 있으니까 날개 형식의 투명 막이를 설치하는 게 좋아. 에어컨 사는 곳에 같이 구입할 수 있는지 물어보면 돼. 언니는 몰라서 인터넷으로 따로 주문했었어. 좁은 만큼 더 섬세하게 신경을 써야 해. 온도와 습도에 따라 모발이 예민하게 반응할 수 있다는 거 명심해. 냉온풍기를 설치하면서 벽지 작업도 같이 들어갔던 것 같아. 언니는 전기, 벽지, 에어컨 설치만 전문가에게 맡기고 나머지는 셀프로 했어.

마지막이 바닥 작업이었고 여기까지 끝내면 조명을 고르러 다니면 돼. 이 부분 또한 고민을 많이 했는데, 좁은 매장을 넓어 보이게 하려고 간결하고 통일된 스타일의 1자 조명을 설치했어. 세로가 길면서 가로가 좁은 형태의 매장이라, 두 줄로 쫙 연결되어 보이게 레일 조명을 선택했지. 조명 중에 제일 신경 쓰였던 부분은 샴푸실이야. 언니는 고객님들이 누워서 눈을 뜨고 있어도 눈이 부시지 않고 잠들 만큼 편안한 분위기를 만들고 싶었거든. 샴푸실 조명만 3번 정도 바꾼 거 같아. 매장 안의 밝기보다 어두운 걸로 골랐어. 그 덕에 샴푸 받으면서 잠들 뻔했다는 고객님이 많이 계셔서 뿌듯해.

지금까지 언니가 했던 그대로 한다면 인테리어 비용은 크게 들지 않을 거야. 보통 인테리어 업체에 문의를 하면 평당 100만 원 정도라고 말씀해 주셨어. 시간이 부족해서 셀프 인테리어를 못 하는 상황이라면 최대한 많은 업체에 문의해 보는 게 좋아. 비교를 많이 할수록 저렴한 업체를 찾을 수 있을 테니까. 그리고 또 중요한 건 인테리어 공사를 할 때 너희가 최대한 자주 방문해야 해. 공사가 다 끝나고 나면 돌이킬 수 없으니까, 우리가 직접 그린 도면대로 안 해주면 큰일이잖아. 미용실 인테리어 경험이 있는 업체에 맡기는 것도 좋은 방안이야. 언니는 전기 공사할 때도 매일 아침에 커피 배달로 하루를 시작했던 기억이 나.

6

미용재료 구입, 거래처 선택 방법

　미용실 오픈 준비를 할 때 가장 돈이 많이 드는 부분이 미용 기계 구매와 재료 구입이야. 처음 시작할 때는 재료가 아무것도 없으니까 큰돈이 들어가지. 언니는 부산에 있는 대형 미용 재료상에 방문해서 모든 기계를 구매했는데 경대 거울, 샴푸대, 의자, 시술 츄레이, 미용 뱅뱅이, 열펌 기계, 열기계, 스팀기 등을 구매했어. 시술 기계살 때 언니는 중고랑 섞어서 샀거든? 근데 기계살 때 돈 아끼지 말고 새것으로 구매하는 게 좋을 거 같아. 돈은 인테리어 할 때 많이 아끼고 기계에는 아끼지

마. 왜냐면 3년 정도 넘게 써보니까 중고는 고장 나버리는 경우가 있더라고. 1인 미용실은 보통 하나씩만 구매하는데 고장 나버리면 as도 맡겨야 하고 번거로운 일이 많이 생겨. 처음에는 최대한 수명이 긴 새 기계로 사는 걸 추천해. 새걸로 사고 나중에 일해서 여유가 생기면 더 필요한 거 사면 되니까, 핵심 기계들은 꼭 남이 쓰지 않았던 것으로 구매해.

특히 경대 의자 구매할 때 앉아서 끝까지 올려보고 고르는 게 좋아. 언니는 대충 앉아보고 색상만 고르고 끝냈는데 글쎄, 고객들을 앉힌 상태에서 끝까지 올리면 굉장히 듣기 싫은 큰 소음이 발생하더라고. 3개 구매했는데 전부 그래서 절망적이었어. 너희는 이런 일이 생기지 않았으면 해서 말해주는 거야. 의자를 고치러 가기엔 멀어서 그냥 쓰고 있는데 고객님들께 미리 놀라지 마시라고 말씀드리면서 일하는 중이야. 초등학생을 앉혀도 그런 소음이 나면 말 다한 거지 뭐. 미용 재료를 2번째부터 들일 거래처 선택 방법은 일단 오픈하고 나면, 엄청나게 많은 재료상 사장님이 방문을 해주셔. 그중에서 너희가 기존에 사용하던 제품을 거래하고 있는 곳을 선택해도 되고, 여러 곳이 있다면 저렴하게 거래해 주는 사장님이랑 하면 돼. 언니는 촌이라서 이 근처 재료상에는 평소에 쓰던 제품이 없어서 부산에서 택배로 시키고 있어. 인터넷으로 시키기도 하고. 재료 거래처는 걱정 없이 오픈해도 돼.

너희가 이 챕터에서 기억해야 할 거는 인테리어에서 돈을 최대한 아끼고 시술 기계는 중고로 하지 말 것. 의자는 반드시 사람이 앉은 채로 끝까지 올렸다 내리기를 반복해 보고 구매 결정을 할 것. 이 두 가지만 기억해도 나머지는 어려운 거 없을 거야. 마음에 드는 걸로 잘 구입하길 바랄게.

7

미용실인수해도되나요?

애들아, 혹시 너희 중에 미용실인수라는 말을 모르는 친구가 있지 않을까 해서, 설명을 먼저 해볼게. 미용실인수란? 내가 들어가고 싶은 위치에 기존 세입자가 미용실을 했던 곳에 들어가는 것을 뜻해. 큰 장점으로는, 인테리어를 할 것들이 거의 없다는 점이지. 물론, 너무 구식이고 지저분하면 해야겠지만 기존에 미용실이었던 곳을 인테리어 한다 해도 전기 콘센트 위치나 일하는 동선 문제가 우리에게 잘 맞춰져 있을 가능성이 높아.

미용실인수 문제는 언니가 지금 1인 뷰티샵 원장님들이 모여있는 커뮤니티를 운영하고 있는데, 거기 계신 원장님들에게 질문이 많이 들어와서 다루게 되었어. 너희에게도 알려주면 도움이 될 거 같아서. 언니는 지방에 첫 매장을 운영해서 인수할 곳도 없었고, 딱히 생각해 본 적이 없었는데 수도권에 있는 사람들은 고민이 생길 수도 있단 생각이 들었어. 언니도 만약 매장 이전을 수도권으로 하게 되면, 인테리어 비용을 절감하기 위해서 인수해도 괜찮을 것 같다는 생각은 가지고 있었거든. 인수할 곳이 없더라도 벽지라도 최대한 깔끔하게 화이트 톤으로 되어있는 곳으로 갈 생각이야. 매장을 운영할 때 드는 초기 자금이 어마어마하기 때문에 기존에 있던 미용실 자리에 그대로 들어가는 선택을 하는 사람들이 많을 거란 생각을 해. 너희가 인수해서 들어가게 되면 첫 비용이 절감된다는 장점이 있지만 단점도 잘 생각하고 들어가야 해. 선택은 빠르다고 좋은 게 아니야. 인수할 때는 신중하고 꼼꼼하게 확인해야 해.

우선 인수할 그 매장의 위치가 어떤 고객층의 유동 인구가 많은지 확인해야 하지. 상권마다의 장단점에 대해서 언니가 앞에서 말했었잖아. 그리고 너희가 미리 정해놓은 고객 연령층이

51

있겠지? 인수해서 들어갈 매장의 위치가 너희가 생각한 고객층이 많이 유입될 것인지가 첫 번째야. 혹시라도 유동 인구가 적은 곳이라면, 이곳만 가능한 또 다른 장점은 무엇인지 또는 너희가 들어가서 얼마만큼의 잠재 고객을 끌어올 수 있을지도 생각해야 해. 머리가 지끈거리지? 그렇다고 무작정 들어가서 고민하면 늦은 감이 있어. 인수할 미용실이 있는 곳이 너희가 처음 생각했던 상권이 아닐 가능성이 높거든. 처음부터 우여곡절을 줄여서 행동하는 게 빠른 태세 전환이 가능할 테니까, 나중을 위해서 인수하기 전에 상권분석과 고객층 파악은 필수로 해야 해.

두 번째로 중요한 건 바로 '권리금'이야. 나갈 사람이 권리금을 받고 나가는 형태거든? 이 권리금이 왜 존재하냐면, 나가는 사람이 처음 매장 오픈을 할 때 인테리어나 에어컨 구매, 경대 거울, 의자, 샴푸대, 기계 등 샀던 물건들에 들어간 비용을 인수할 사람한테 받고 나가겠다는 의미야. 많이 남겨놓고 갈수록 권리금이 높아진다는 뜻이기도 해. 너희가 앞으로 매장을 운영하면서 필요한 것들만 놔두고 나머지는 들고 가라고 해야 해. 미용실 권리금은 보통 1000~5000까지 제시해 놓거든. 언니가 앞에서 말해준 대로 반 셀프 인테리어에 기계와 재료까지 해서 많이 들어봐야 3000만 원이었어. 그러니까 2~3천으로 올라와 있는 곳은 무조건 조금이라도 깎아야 해. 처음보다 헐 것이 되어있을 테니까.

권리금은 전 주인이랑 잘 이야기하면 얼마든지 가격이 내려갈 수 있는 돈이야. 모든 기구를 다 놓고 간다는 거는 대부분 앞으로 미용을 하지 않을 사람이나, 혹은 먼 지역으로 가는 경우일 거야. 권리금은 정말 말하는 거에 따라 달라질 수 있는 금액이니까 대화로 잘 풀어나가야 할 거야. 언니 주변에는 권리금을 천만 원 정도까지 깎은 사람도 있어. 그만큼 부풀려서 적는 경우가 태반이야.

여기서 또 중요한 것은 앞 전 원장님에게 평균 매출을 반드시 확인해 봐야 해. 기존에 매출을 어느 정도까지 올렸는지 확인해 보면, 대략적인 고객 유입량을 파악할 수 있을 테니까, 본인만의 들어가야 할 계획을 잘 세워놓고 실행해야 해. 초기 자금을 줄이기 위해서 인수하는 건데 창업비용보다 훨씬 많이 들여서 인수할 필요가 전혀 없다고 말해주고 싶었어. 권리금이 붙어있는 이유는 기존에 운영해 온 원장이 기계나 약제, 에어 컨 등 시설물을 두고 가는 것과 고객층이 두텁다는 이유로 기재되어 있는 경우인데, 사실 솔직한 언니 생각은 기계나 에어컨이 아닌 다른 것들은 크게 필요치 않다는 생각이 들어. 간판과 이름이 바뀌게 되면 오던 고객 중에도 발길을 끊는 게 대부분일 것이고, 기계는 중고로 산다고 생각하고 잘 살펴본 뒤에 사용할 수 있지만 고객은 처음부터 다시 모은다는 마음가짐으로 시작하는 게 좋아. 누가 하느냐에 따라 고객층이 달라질 수 있거든.

재료들도 디자이너마다 사용해 온 염모제나 펌제는 다르니 굳이 받아서 사용할 필요가 없어. 에어컨과 시술 기계, 그리고 카운터나 테이블 정도만 있으면 돼. 경대 의자와 거울, 인테리어까지 새로운 곳에서 시작한다면 최소 2, 3천만 원 정도에 할 수 있으니까, 가격대를 잘 감안하고 조정해서 들어가면 좋을 것 같아. 보증금과 월세까지 잘 생각해서 권리금을 조절하는 것도 현명한 방법이야.

제2장

1인 미용실
컨셉 잡기

1

주요 고객에 맞는 톤 앤 매너와 인테리어 컨셉

언니는 사업에서 중요한 것 중에 한 가지는 독창성이라고 생각해. 독창성이란, 자기의 개성과 고유의 능력에 의해 가치를 새롭게 창조하는 것이란 의미가 있어. 매장을 경영할 때는 잘나가는 매장의 모방도 좋지만, 지금처럼 편의점이나 커피숍만큼 많은 미용실 사이에서 살아남으려면 나만의 컨셉이 필요하단 말이지. '고객이 나에게 올 이유가 무엇일까?' '고객에게 내가 다른 미용실보다 특출나게 잘해줄 수 있는 건 무엇일까?'에 대해 먼저 생각해 보면 수월할 수도 있어. 너희의 기술이 남들보다 월등하게 뛰어나지 않은 이상, 남보다 튀거나 독특한 너희만 할 수 있는 것을 찾는 게 중요해. 언니도 여전히 다양한 시도를 하고 있거든.

그중 한 가지는 나의 고객층이 20, 30대 여성이고 언니가 좋아하기도 하는 키티 캐릭터를 미용실 인테리어로 꾸몄어. 컨 셉샵으로 만드는 걸 첫 번째로 실행해 본 거지. 그전부터 딸기 우유 색상을 좋아해서 핑크 천국인 미용실이었어. 20, 30대 여자들은 핑크를 기피하는 사람은 없다고 생각했기 때문에, 고 민을 오래 하지는 않았어. 근처에는 이렇게 튀는 컨셉의 미용 실이 한 군데도 없어서 오픈 준비할 때 부모님이 말렸는데도 끝까지 하겠다고 밀어붙였어. 내가 하루 종일 지내야 할 일터 이기도 하고, 나였으면 가고 싶은 미용실이라고 생각했기 때문 이었지. 경대 의자도 핑크인데, 이걸 결정했을 때 거기 사장님 은 부모님보다도 더 뜯어말렸었어. 의자를 핑크로 주문하는 사 람은 10년간 장사하면서 언니가 2번째로 보는 거라고 말리더라 고. 아무래도 서울보다는 인구가 적은 부산 거래처여서 그러지 않으셨나 생각하고 말았지.

우리 미용실 인테리어를 지금은 나보다 고객들이 귀엽고 이쁘다고 더 좋아해 주시고 있어. 보고만 있어도 힐링 된다는 분도 계시고. 인테리어 용품 구매처도 물어보시고 사진도 많이 찍고 가서, 조만간 핑크 전신거울도 들일 예정인데 너무 큰 걸 잘못 놓으면 1인 매장이 좁아 보일까 걱정이라 신중하게 고르는 중이야. 거울부터 벽지, 귀여운 인형들도 잔뜩 배치해 놓고 주 고객들을 위한 셀카 존을 앞으로도 더 만들어 놓을 생각이야. 앞부분에 말해줬던 바닥 타일도 노출된 채로 마감을 해 놓으니 머리카락 때문에 지저분하지 않아서 바쁠 때 굉장히 편리해.

주 고객층에 맞는 또 다른 서비스는 알맞은 대화 주제를 준비해 놓는 것도 도움이 많이 돼. 20, 30대 타겟층에 맞는 화제를 미리 준비해 놓고 고객들과 대화를 시작하는 것이지. 대부분 고객들과 연애 이야기나 결혼 이야기를 많이 하고 있어. 이 나이대에 가장 관심 있는 게 아무래도 연애라, 그쪽으로 대화가 많이 오가고 있지. 다른 고객 없이 1대1 시술을 진행하다 보니 남자친구나 남편의 이야기를 편하게 털어놓으시는 분들이 많아. 그만큼 언니도 고객들한테 믿음을 드리기 위해서 내 이야기를 먼저 꺼내는 경우도 많고.

고객과 대화할 때 일방적으로 질문하기보다는 들어주는 것 70%, 우리 이야기를 30% 정도 비중으로 해야 대화가 원활하게 흘러가. 언니는 말이 잘 통하는 고객을 만나면 나도 모르게 TMI를 해버릴 때가 있는데, 항상 더 들어주도록 노력해야 해. 시술해 주는 우리의 얘기를 많이 해버리면 귀가 지치는 고객이 생길 수도 있어. 맘속에 있는 이야기를 풀어내려고 오신 분들도 분명히 계실 테니까, 고객의 성향에 맞게 잘 조절하는 연습을 같이하자. 특히 언니는 연애 상담을 하는 고객이 많아. 한참 이야기하다가 서로의 다음 이야기가 궁금해서 다음번 만났을 때 연애 이야기부터 시작하는 편이야. 정말 즐겁게 일하는 중이지. 난 우리 고객들이 나한테 왔을 때 즐겁게 머물다 갔으면 좋겠어. 그러기 위해서는 우리 미용사의 입이 반드시 무거워야 한다고 생각하는 편이야.

언니처럼 좁은 동네에서 매장을 운영할수록 소문도 빠른 데다가, 실제로 매장을 운영하는 동안 우리 동네 소문은 거의 다 들은 거 같거든. 그건 우리도 말과 행동을 조심해야 한다는 소리인 거 알지? 미용실은 소통의 공간이기도 하고, 나도 들어주는 걸 좋아하는 편이다 보니 언니한테 편하게 이야기하시는 분들이 많이 계셔. 그럴수록 미용사인 우리 입이 무거워야 고객 입장에서는 신경 쓰지 않고 편하게 힐링하고 나갈 수 있는 것 같아. 너희도 스트레스 쌓일 때 믿는 친구에게 다 털어놓고 속이 시원해진 적이 있지? 그 역할을 우리가 잠깐이라도 해 드리다 보면 다음 방문 때도 연결해서 대화할 수 있고, 매장에서 나갈 때 훨씬 후련해진 고객들의 표정을 보면 마음이 굉장히 행복해진다니까. 꼭 너희가 경험해 보면 좋겠다. 사업에 있어서 항상 무언가를 정할 때, 고객의 입장을 먼저 생각한다면 좋은 결과로 이어질 거라고 언니는 확신할 수 있어. 언니는 고객들의 밝은 표정을 보면 진심으로 뿌듯하거든. 항상 머리 할 때마다 찾아주는 것도 감사하며 오실 때마다 즐겁고 편하게 시간을 보내고 갔으면 좋겠어. 다음번 방문 전까지 거울 속으로 머리를 볼 때마다 만족도가 높았으면 좋겠고. 여자들은 거울을 볼 때 머리가 엉망이면 기분 별로인 거 너희도 알지? 우리 오랫동안 고객들에게 높은 만족도와 행복감을 선물해 줄 수 있는 미용인이 되도록 같이 노력하자. 이런 마음가짐으로 고객들을 대하다 보면 분명히 인생의 또 다른 부분에서도 조금씩 변화가 생길 거야. 항상 남을 위한 선한 마음. 억지로 하는 게 아닌, 마음 깊숙한 부분에서 나오는 감사함을 느껴봐. 평범한 내가 하고 있다면 너희도 할 수 있어. 진심으로 응원할게.

고객 맞춤형 음악 선정으로 감성 터치하기

1인 매장의 장점은 한 사람만을 위한 공간을 일시적으로 연출할 수 있다는 점이야. 여러 사람을 동시에 받을 수도 있지만, 언니는 시간당 한 사람씩 예약을 받아서 그 사람만을 위한 공간을 선물해 주고 있어. 많은 것들을 맞춰줄 수 있고 한 분만 계시니까, 좋아하는 장르의 음악을 틀어주는 건 너무나 쉽게 실천할 수 있겠지. 물어보기만 해도 고객들의 마음에 커다란 만족감으로 다가갈 수 있어. 막상 물어보면 지금 나오는 음악들도 괜찮다고 말씀하는 분들이 대부분이긴 하지만, 묻지 않는 거랑은 다르겠지? 그 한마디로 훨씬 섬세하게 맞춰주는 전문가로 인식될 수 있게 돼. 음악은 우리의 삶에 있어서 빠질 수 없는 행복이잖아. 들리는 음악에 따라 기분이 움직이는 것처럼. 마음속까지 따뜻한 매장의 분위기를 위해 맞춤형 음악 선정이 중요하다고 생각해.

혹시 한 사람마다 음악을 바꾸기 번거롭다면 대중적인 노래를 장르별로 플레이리스트를 만드는 것도 좋은 방법이야. 언니는 주로 해외 팝송을 장르별로 넣어놓는 편이야. 드라이브 가는 느낌이나 휴식을 취할 때 듣기 좋은 음악같이, 호불호가 적은 음악들을 선정해 놓고 있어. 그것도 힘들 때는 시간별로 음악 장르를 다르게 설정해 놓는 것도 괜찮아. 플레이리스트를 순서대로 재생되게 해 놓으면 오전, 오후 시간에 나올 장르를 미리 정해놓는 거지. 예를 들어서 퇴근한 뒤에 방문하는 고객에게는 신나고 경쾌한 장르를, 육아에 해방된 뒤에 아침 방문하는 고객에게는 힐링할 수 있는 잔잔한 음악을 틀어도 되고, 방문하는 고객의 성향에 따라 틀어주는 것도 좋아. 언니는 고객의 성향에 따라 매장의 분위기를 바꾸는 편이야. 앞에도 말했지만 뭐든지 고객 입장에서 먼저 생각해 보기! 음악 선정은 내일 당장 실천할 수 있겠지? 당장 실천 가능한 것들 위주로 글을 적고 있으니, 너희에게 많은 도움이 되었으면 해. 오늘도 고객을 위한, 나를 위한 매장으로 만들어 나가길 응원할게. 한번 해보면 만족하는 고객들을 보고 너희도 분명 행복해질 거야.

3

자신 있는 기술 1가지를 집중 공략하라

자, 이번에는 기술에 관해 이야기해 보자. 언니가 미용실을 오픈할 때 독창성을 강조했던 거 기억나지? 수많은 미용실 중에 우리를 알리는 방법에는, 기본으로 깔려있어야 하는 기술력도 중요해. 여러 가지 미용 기술 중에 너희가 자신 있는 1가지를 공략하는 게 좋아. 사업은 전략이 중요하거든. 특히 1인 미용실은 작은 공간에 최대한의 잠재 고객을 끌어오는 게 중요하지. 내 이야기를 해줄게. 언니는 인구 4만 명이 채 안 되는 시골에다가, 코로나19 여파로 경기침체 시기에 오픈했거든. 그런 상황에서 1년 만에 순수익 6,000만 원 매출을 만들어 냈어. 그렇게 할 수 있었던 이유는 무엇이었을까?

제일 먼저 주변 미용실에서 아무도 하고 있지 않는 것을 찾았어. 그런 다음엔 그 기술을 고객들에게 어필하기 위해 열심히 배우고 익혔지. 그중 한 가지가 바로 '붙임머리' 기술이야. 난 받아본 적만 있지, 그때까진 남에게 해본 적이 없었어. 여기는 붙임머리를 하는 미용실이 딱 한 군데 있었는데, 그곳에서 올려놓은 결과물 사진을 보니, 붙임머리는 물론이고 드라이도 엉망이더라고. 단 한 번도 붙임머리를 시술해 본 적 없는 언니가 배운다면 훨씬 이쁜 결과물의 사진을 찍을 자신이 있었어. 결심한 즉시 SNS를 통해 붙임머리를 수강할 수 있고, 사진도 잘 찍으면서 꼼꼼하게 알려주는 곳을 찾기 시작했지. 일주일에 한 번인 휴무를 3달 동안 반납하고 이동시간만 버스로 2시간, 내려서 지하철로 30분을 매주 다녔어. 유명한 곳을 찾아 배운 뒤, 틈날 때마다 그리고 휴무 때마다 쉬지 않고 연습했어. 3년 후인 지금까지 붙임머리 시술이 추가 수입 역할을 톡톡히 해주고 있지. 시골이라 다른 지역보다 붙임머리 시술하는 고객이 적긴 하지만, 비중이 조금씩 늘어나고 있어. 행동하는 것이 아무것도 하지 않는 것보다 훨씬 나은 결과를 안겨준다는 게 느껴지지? 언니는 그 덕에 남들보다 빠른 성장을 할 수 있었어.

또 다른 것으로는 복구 매직도 배우기 시작했어. 보통 디자이너들은 화학 시술로 인해 녹은 모발이나 탄 모발은 매직이나 파마 시술이 불가능하다고 돌려보내곤 하잖아. 요즘은 시대가 변했어. 미용인은 물론이고 고객의 수준이 높아짐과 동시에 좋은 기술과 약제들도 잘 나오기 때문에, 충분히 가능한 시대가 되었잖아. 배울수록 새롭게 알게 되는 게 많아서 머릿속에 차곡차곡 쌓고 있어. 받을 수 있는 고객의 범위가 넓어지면 그만큼 매출도 같이 상승하는 건 벌써 눈치챘겠지? 너희도 새로운 기술이나 정보를 배우고 습득하려는 자세를 가져야 해. 이 세상은 돈을 벌 방법도 많고 성장할 수 있는 법을 알려주는 사람이 넘쳐나고 있어. 오히려 진짜와 가짜를 구분할 안목이 필요할 정도로 많지. 너희가 배움의 기쁨을 알게 되었으면 좋겠다. 언니는 내 고객들에게 발전한 기술을 보여드린다는 게 너무 행복하거든. 뭐든 끊임없이 배우고 익혀서 자신 있는 기술을 만들거나 고민해 보도록 해.

사실 요즘은 어떤 디자이너든 시술 실력이 평균만큼은 되는 거 같아. 기술의 수준이 다들 비슷해지고 있으니까 우리는 남다른 방법으로 잠재 고객을 끌어당길 수 있어야 해. 그만큼 더 큰 노력이 필요하겠지? 나처럼 주변 미용실에서 많이 하지 않는 걸 선택해도 되고, 기존에 너희가 자신 있던 기술을 깊이 파보는 것도 좋은 방법이야. 대신 제대로 끝까지 파고들어야 해. 탈색에 자신 있다면 모발뿐만이 아닌 속까지 손상과 얼룩이 없이 할 수 있는 블랙 빼기를 연구하던가, 옴브레나 솜브레처럼 남들이 어려워하는 기술을 배우며 파고들어 보는 거지. 남들이 어려워하면서도 시간이 오래 걸려서 힘들어하는 시술만 예약을 받아보는 거야. 1인 매장을 운영한다면 예약조절을 하기 수월할 테니까.

복구를 배운다면 모발을 제대로 공부한 뒤, 머릿결도 개선되면서 문제성 모발에 컬을 탱글하게 거는 복구 기술 배워봐. 기술을 배우고 나면 적용법도 중요해. 붙임 머리를 예로 든다면, 붙임 머리 시술로만 끝내지 말고 붙이기 전후로 다른 시술을 붙여서 이벤트를 만들어 권유해 보도록 해. 염색 후 붙임 머리, 매직 후 붙임 머리, 극손상 모발이라면 영양을 넣은 후에 붙여줘도 되고. 다 하고 나서는 커트까지 요즘 유행하는 스타일로 가능하다는 걸 어필해도 좋을 것이고, 방법은 많고 다양하지. 기본적인 틀에 조금만 더 비틀어서 생각해 본다면 남들보다 더 많은 잠재 고객을 끌어당길 수 있다고 생각해. 매출을 올리기 위해 고민하는 건 좋지만, 계속 고민만 하다가 아까운 시간 흘려보내지 말고 하나를 선택해서 일단 먼저 배우거나 연습해 보도록 노력해 봐. 미용 기술을 배우려면 시간과 비용이 많이 들지만, 한번 배워놓으면 언제든지 써먹을 수 있으니, 당장 효과가 없어도 기술을 사용할 기회는 분명 올 수 있어. 혹시 너희보다 경력이 적은 디자이너가 잘하는 기술이 있다면, 자존심 세우지 말고 배우러 다녀야 해. 요즘은 뛰어난 사람들이 다양한 영역에서 나오는 세상이야. 매출을 올릴 방법과 고객을 사로잡는 노하우를 너희보다 잘 아는 사람이 눈에 띈다면, 얼른 가서 배워봐. 앞에도 말했듯이, 우리 업종은 일단 배워놓고 자신의 속도에 맞춰서 내 것으로 만들면 돼.

미용인이라면 내 고객에게 최고의 헤어스타일을 선물하고 싶은 마음은 다들 비슷하지? 가장 좋은 걸 해주고 싶은 그 마음만 생각하면서 언니랑 같이 끊임없이 성장해보자. 고객들도 우리의 진심을 알아주게 될 거야. 미용이란 직업은 끝없이 성장하며 나아갈 수 있는 직종이라고 생각해. 너희 중 누군가에게는 장점이자 단점일 수 있겠지. 언니는 사람이 끊임없이 성장하는 그때야말로, 진정한 행복을 느끼게 된다고 생각하고 있어. 얘들아, 어제와 같은 자리에서 머무르고 있지 마. 단 1%씩이라도 어제보다 나아진 자신을 보게 되는 순간, 말로 표현 못할 행복이 기다리고 있으니까. 같이 앞으로 나아가자. 언제나 응원하고 있을게.

4

남들이 하지 않는 모든 것을 시도해라

이 주제 역시 앞 이야기랑 연결이 될 수 있어. 남들이 하지 않는 것을 시도하였을 때 잠재 고객을 더 많이 끌어당길 수 있거든. 언니가 있는 동네는 저녁 6시가 되면 파마, 염색 손님을 받지 않는 미용실들 천국이야. 다들 아침 8, 9시부터 영업을 시작해서 6시면 매장을 마감하기 때문이지. 언니는 어떻게 했을지 짐작이 가지? 맞아. 언니는 밤늦게 까지 예약받기 시작했어. 처음 창업 초기 때는 부모님 성화에 못 이겨 아침 9시부터 예약받고 출근했던 끔찍한 기억이 있어. 그렇게 하니 오후 4, 5

시만 되면 너무 피곤해서 저녁에 일을 할 수가 없는 거야. 언니는 평소에 아침잠도 많고 신체리듬이 오전 11시~ 정오 때 컨디션이 가장 좋거든. 밤늦게까지 일하는 게 아침 일찍 출근하는 것보다 몇십 배는 나았어. 부모님 말씀대로 이 근처 미용실처럼 아침 일찍 문 열고 일찍 마감하면, 무슨 경쟁력이 생기겠나 싶어서 11시 오픈으로 정해서 출근하고 있어. 또 파마, 염색 예약은 저녁 8시까지 받으면서 퇴근 후에 방문하는 고객층을 100% 확보했어. 늦게 마칠 때는 밤 11시, 12시까지도 일을 하고 있지. 물론 퇴근이 많이 늦는 날에는 출근을 11시 넘어서 하기도 해.

같은 시간에 오픈하고 마감하는 것이 사업할 때 도움 될 수 있겠지만, 퇴근 시간이 늦는 날은 컨디션 조절을 위해 늦은 출근을 하고 있어. 시술자의 컨디션 조절도 고객들의 만족도와 깊은 연관이 있다고 생각하거든. 젊은 연령층은 휴무 때 머리하기보다 당장은 피곤해도, 휴무 전날 머리를 해 놓고 휴무 당일엔 하루 종일 쉬는 걸 더 선호하는 편이야. 언니도 그렇게 행동하는 스타일이라, 내 사업에 '나였으면'이라는 생각으로 적용할 때마다 도움이 많이 돼. 여자들은 머리할 때 기본적으로 3,

4시간은 기본이라 아까운 시간을 많이 쓰게 되잖아. 그래서 저녁에는 퇴근하고 오는 분들 위주로, 늦은 시간까지 예약받기 시작했는데 결과는 성공적이었어. 지금도 저녁 예약이 가장 빠르게 잡히고, 고객들 간의 작은 경쟁이 생기기 시작했어.

방문하면 언니에게 항상 '저녁 예약 잡기가 점점 힘들어지고 있어요'라고 말씀해 주시거든. 그래서 더 와닿는 것 같아. 언니 고객들은 대부분 선한 분들이어서 늦은 시간 방문할 때마다 '저 때문에 원장님 퇴근도 같이 늦어지네요. 죄송해서 어쩌죠.'라고 말씀해 주는 분이 많아. 정말 천사 같지 않아? 그럴 때마다 난 오히려 늦게까지 일할 수 있음에 감사하다 생각하고 있어. 언니는 퇴근 시간을 정해놓지 않았어. 마지막 예약 가능 시간대를 기재해 놓았지. 내 퇴근 시간이 늦어져도 괜찮으니, 밥까지 든든하게 드시고 오라고 할 때도 많아.

지금은 우리 미용실이 늦게까지 열려있는 걸 보고 신규 고객도 많이 오지만, 주변 미용실에서도 똑같이 늦은 시간에 예약받는 곳들이 많이 늘어났어. 언니 매장의 가격대랑 거의 똑같이 해 놓은 매장도 여러 곳이 생겨났어. 남들이 나와 똑같이 해도 언니는 얼마든지 남이 하지 않는 걸 더 찾을 수 있어서, 크게 신경 쓰이지는 않아. 오히려 이 주변의 미용실 환경이 개선되고 있어서 기분이 좋아지지. 고객들이 좋아할 만한 변화니까.

휴무 날을 정할 때도 이 동네는 신기하게 일요일 휴무가 많았어. '도시에는 주말 휴무를 피하는 편인데 시골은 좀 다르구나' 하면서 첫 오픈한 뒤, 몇 주 동안 쉬지 않고 매일 근무를 해보았지. 그러다 보니 꾸준히 예약이 안 잡히는 화요일로 휴무를 정해서 쉬고 있어. 언니는 남과 경쟁할 때, 상대방이나 주변 분위기를 먼저 파악하는 게 제일 중요하다고 생각해. 매장을 경영할 때는 내가 원하고 편한 결정이 아닌, 고객 입장으로 생각해야 하니까. 처음에는 이 동네 미용실들은 당연히 일요일에 영업 안 한다는 인식이 강해서 조용하더니, 지금은 토요일만큼 예약이 잡히고 있어. 들어보니 오래전에 이 지역에서 다같이 일요일은 영업을 안 하기로 했었다고 하더라고. 그런 방식은 요즘 세대의 고객들에게는 좋지 않다고 생각해. 현재 언니 고객 중에는 일요일에만 머리할 수 있는 분들도 많거든. 모든 미용실이 문을 닫으니, 머리를 하고 싶어도 못 하는 거였지. 언니가 일요일에 일을 1년 넘게 하니까 역시나 평일로 휴무를 잡는 젊은 원장이 운영하는 미용실이 많이 생겨났어. 내가 오픈할 때보다 이 좁은 동네에 7개 넘는 미용실이 생겼거든. 언니는 이렇게 누군가에게 자극이 된다는 사실이 너무 짜릿해. 경쟁자가 생겨나서 불만이 생기기보다는 함께 성장하고 다 같이 성공했으면 좋겠거든. 물론 나는 남들 몰래 훨씬 큰 노력을 하겠지만.

너희가 남들이 하지 않는 일을 한다는 게 힘들다는 거 알고 있어. '남들도 안 하는데 괜찮겠지?' '남들 하는 만큼만 하고 살자. 남들도 일요일에 쉬니까 나도 쉬어야지.' '다들 그러는데 뭐 어때.'라는 생각이 들 수도 있겠지. 괜찮아. 언니도 처음에 그랬거든. 근데 '남들은 안 하는데 내가 굳이?'라는 생각에서 벗어나서, 남들이 하지 않는 행동을 하나씩 시작해 보니 삶의 모든 면에서 조금씩 변화가 생기기 시작했어. 언니는 평소에 갑작스러운 변화를 좋아하는 성격이 아니야. 뭐든지 천천히, 단단하게 그리고 끝까지 하는 걸 좋아하는 것 같아. 사람이라 중간에 지칠 수도 있지만, 지금처럼 내가 가고자 하는 뚜렷한 목표가 하루하루를 열심히 살아가게 만들어 주고 있어.

이 챕터를 읽은 너희도 남들이 하지 않는 행동을 하고 싶은 마음이 생겼을까? 그렇다면 당장 실천할 수 있는 것부터 시도해 봐. 사소한 것이라도 괜찮아. 평소보다 예약 고객을 한 명 더 받는 다던지, 한 명을 적게 받아 좀 더 집중적으로 서비스해 드리면서 시술을 해본 다던지. 뭐든 좋아. 그 무엇이든 어제와 다른 행동을 한 가지씩 하는 연습해. 매일 하는 그 행동들이 모여서 큰 변화를 안겨다 줄 거니까. 오늘도 응원할게.

5

효율적인 가격 책정하기

언니가 매장을 오픈할 때 제일 고민이 많았던 부분이 바로 가격이야. 사업을 하는 데에 있어서 생각해야 할 것들이 많지만, 그중 앞으로 고객에게 받게 될 가격결정은 너무나 중요해. 운영 중간에 가격을 올리는 매장도 있지만 처음 정했던 가격이 끝까지 가는 경우가 대부분이거든. 나는 중간에 올렸던 경우여서 처음엔 고민이 정말 많았어. 너희가 가격을 정할 때 먼저 신경 써야 할 것부터 이야기해 볼게.

우선 오픈하고자 하는 주변 상권의 가격을 살펴보는 게 제일 1번으로 할 일이야. 이 동네 사람들은 얼마를 내고 머리를 하는지 알아야 평균 가격대가 나오겠지? 언니는 오픈 준비를 할 때 주변 미용실이 문 닫고 나면, 한 바퀴 돌면서 매장 앞에 붙어있는 가격표를 보고 오거나 인터넷을 통해 가격을 파악했어. 이 주변은 인터넷에 등록 되어있는 매장이 거의 없어서 직접 발품을 팔았지. 사이사이에 모여있는 미용실을 둘러보면서 커트 가격을 먼저 파악했고, 펌 가격도 대략적인 금액을 적어 놓고 나서 내가 받을 가격을 정하기 시작했어. 다들 생각이 비슷하겠지만, 언니는 가격을 저렴하게 받고 싶은 마음은 없었어. 주변 평균 가격대는 대략 여성 커트가 1만 5,000원 선이었는데 너무 낮다는 생각이 들었지. 난 이 주변 미용실보다 실력이나 서비스를 잘할 자신이 있어서 몇천 원씩 올려서 가격을 책정했어.

주변 매장에 비해 트렌디하고 젊은 분위기로 매장을 꾸며놔서 지금까지 고객들이 많이 찾아주고 있어. 감사한 일이지. 그런데 가격에 관해 한 가지 실수한 적이 있어. 언니는 지금도 1년에 한 번씩 가격을 인상하고 있는데, 사용하는 제품도 같이 업그레이드시켰어. 우리 고객들에게 좋은 제품만 사용하고 싶었거든. 그런데 거기서 큰 실수를 했지. 고객들 눈에 보이는 서비스는 추가하지 않았던 거야. 사실 지갑을 여는 건 고객들인데 나만 알 수 있는 제품을 업그레이드했다고 해서, 고객이 눈에 직접 보이지 않는 변화를 쉽게 받아들일 리가 없잖아. 언니는 그걸 생각 못 했던 거야. 고객에게 말로만 프리미엄 제품으로 변경되었다고 하는 게 아닌, 바뀐 제품을 고객 눈앞에서 소량 덜어내어 사용하던지, 어떠한 액션이라도 취했어야 했다고 생각해.

가격을 인상한다면, 그에 맞는 변화를 고객 입장에서 납득할 수 있는 무언가가 있어야 해. 언니는 그걸 생각하지 못하고, '제품을 업그레이드했으니까, 고객은 당연히 가격 인상을 받아들이겠지?'라는 바보 같은 생각을 했어. 정말 바보 같지 않아? 너희는 언니와 같은 실수를 하지 말았으면 하는 마음에 부끄러운 과거를 말해주는 거야. 아무리 실력에 자신 있다 할지라도, 가격 인상은 주변의 시세를 보면서 고객이 받아들일 수 있는 이유도 분명하게 있어야만 해. 그렇지만 너희가 저렴하게 받고 딱 그만큼만 해 드리겠다는 마음가짐을 가지고 있는 친구가 적었으면 좋겠다. 일이 힘든 만큼 서비스를 해주는 만큼, 너희들이 정당한 가격을 받았으면 좋겠거든. 물론 고객이 이해할 수 있는 선에서 말이야. 그래야 쉽게 지치지 않게 되는 거 같아.

이쯤 되면, 가격 인상할 때 어떻게 하면 고객이 받아들일까? 싶을 거야. 이번에도 언니가 했던 방법들을 그대로 이야기해 줄게. 가격이 인상되기 한 달 전부터 단체 문자부터 돌려. 언니는 네이버 톡톡을 이용해서 단체 톡톡 메세지를 보내는 경우가 많아. 한 가지만 하면 누락되는 고객이 생길 수 있으니, 최대한의 연락을 돌려야 해. 난 네이버로 연락할 때, 고객에게 핸드폰으로 문자도 같이 돌리고 있어. 그렇게 하면 대부분의 고객에게 메시지가 갈 거야. 메시지 내용도 중요해. 언니는 반드시 할인이벤트를 같이 기재해 오고 있어. 갑자기 가격을 인상하게 되면 기존에 방문했던 고객들이 혹시나 기분 상할수도 있으니, 예방 차원에서 한 달 정도는 인상된 금액에서 할인이벤트를 진행하는 중이야. 그 밑에는 가격을 인상하면서 같이 변경되는 서비스 내용도 넣어주는 게 좋아. 두피 영양제 서비스가 포함될 수도 있고 모발 영양이 포함될 수도 있지.

언니는 요즘 전신 마사지가 가능한 샴푸대를 눈여겨보고 있어. 샴푸 하는 동안 전신 마사지를 받으면 최고의 서비스가 되지 않을까 생각이 들지만, 그에 걸리는 시간을 따로 생각하자니 복잡해져서 아직 못하고 있어. 고객들에게 해 드리고 싶은 것들이 머릿속에 가득해서 천천히 하나씩 늘려가려고 노력 중이야. 요즘은 대부분의 고객 모발 손상도가 높잖아. 평소에 홈 염색이나 아이롱 기계를 사용하는 분이 많으니까. 모발 관리를 제일 먼저 해 드리는 게 낫지 않을까 싶어서 두피와 모발 영양을 전문적으로 할 수 있는 기계와 기술을 공부 중이야. 뷰티 매장을 운영할 때는 매일 고민의 연속인 것 같아. 다른 사업도 마찬가지겠지만. 이렇게 하루 종일 사업에 관한 생각만 하다 보면, 결국은 고객이 중요하다는 걸 깨닫게 돼. 가격 고민도 고객이 존재해야 할 수 있는 거니까. 너희도 항상 매장에 대해 고민하면서 고객에게 좋은 만족을 줄 수 있는 결정을 내리길 바랄게. 오늘도 화이팅!

6

성공할 때까지 끝까지 도전해라

    너희는 성공에 대해 생각해 본 적 있어? 예전의 언니는 '성공이란 남들이 부러워하고 돈 많이 벌고 명품으로 온몸을 두르고 있는 것'이라고 생각한 적이 있었어. 그런데 지금은 개인마다 성공의 기준이 다르고 각자가 행복을 느끼는 그 시점이 성공일 수도 있다고 말해주고 싶어. '나는 지금 충분히 만족하고 행복해.'라고 생각한다면 이미 너희는 성공한 거야. 정말 그렇게 생각해.

하지만 언니처럼 꾸준히 성장하면서 이루고 싶은 목표가 뚜렷하게 있는 사람이라면, 이루어질 때까지 끝까지 도전해야 해. 내가 이루고 싶은 목표는 조금씩 바뀌고 있지만 핵심 가치, 즉 내 인생에 있어서 가장 중요한 가치는 항상 똑같아. 바로 성장이야. 언니는 한 발씩 앞으로 나아가고 있는 걸 느낄 때, 행복하다고 느끼는 사람이거든. 현재의 목표는 직업적으로 최고점을 찍고 수도권의 땅부자가 되는 되어서, 나의 땅에 어린아이들을 위한 복지시설을 짓고 싶어. 천사 같은 아이들이 상처받지 않으면서 자라는 걸 보고 싶거든. 지금은 청소년 생리대 지원사업에 정기적으로 기부하고 있고, 다른 어린이재단에도 기부를 시작했어. 사랑스러운 아이들이 이 퍽퍽한 세상을 어둡게만 보지 않았으면 좋겠어. 그게 언니 인생의 목표야. 복지시설까지는 완성 못 해도 기부는 죽는 날까지 할 예정이야. 끝은 조금씩 바뀌더라도 중요한 가치는 그대로일 거야.

미용 관련 도서인데 갑자기 땅부자가 나와서 당황했지? 근데 언니는 너희가 너무 미용만 보고 인생을 살지 않았으면 좋겠어. 보다시피 난 미용도 사랑하지만, 사람도 사랑하거든. 우리의 인생 목표를 직업 기준으로 잡을 필요는 없단 얘기를 해

주고 싶었어. 인생의 목표가 있으면 힘들어도 다시 일어설 힘이 생길 때가 있거든. 언니는 지금도 하루에 해야 할 일들이 넘쳐나서, 힘들고 지치는 날들이 많아. 그럼에도 불구하고 오늘도 목표를 이루기 위해 미래의 행복한 내 모습을 상상하며 앞으로 달려 나가는 중이야. 책을 한 페이지라도 더 읽으려고 노력하고 글을 한 문장이라도 더 적기 위해 노력하고 있어.

성공한 사람들은 그러지 못한 사람들과 종이 한 장, 바로 한 끗 차이라는 거 알고 있어? 성공할 수 있는 방법은 책이나 영상으로 정말 많이 돌아다니지. 단지 사람들이 성공하고 싶다는 생각만 할 뿐, 실천에 옮기지 않기 때문에 크게 성공한 사람은 상위 몇 퍼센트 밖에 존재하지 않다고 하더라. 우리보다 먼저 성공한 사람들이 성공할 수 있던 방법과 도달하는 과정까지 알려주는 세상에서, 내가 이루고 싶은 꿈을 이루지 못하는 건 의지와 실행력이 문제일 뿐이라 생각해. 너희들도 목표를 정해놓고 자신이 생각하는 성공까지 가는 노력을 했으면 좋겠다. 처음부터 성공한 사람은 어디에도 존재하지 않아. 다 각자의 실패를 겪고 이겨낸 사람만이 성공이란 단어에 가까이 가는 것 같아. 언니는 이 글을 적으면서도 성공한 모습을 상상하면 입가에 웃음이 새어 나오거든. 나의 미래를 위해서라면 잠을 줄이더라도 난 좋아. 성공으로 가는 문턱이 얼마 남지 않은 것 같아서. 너희도 나와 같이 성공의 길로 가자. 오늘도 너희들을 진심으로 응원할게.

제3장

1인 미용실 마케팅,
뭐부터 할까요?

온라인 마케팅이 더 중요해지고 있다

　예전에는 미용실 예약하려면 전화 예약이나 문자 예약으로만 가능했어. 더군다나 이런 지방은 예약 없이 직접 가서 기다리는 환경이었지. 서울과 비교해서 이곳은 5-10년 정도 문화가 더딘 것 같아. 더 될 수도 있겠지. 그런 곳도 지금은 예약제로 많이 바뀌고 있어. 그래서 요즘은 온라인과 오프라인 마케팅의 적절한 비율이 중요해. 너희들이 무언가를 사고 싶거나 어딘가를 가고 싶을 때, 제일 먼저 인터넷에 검색하게 되잖아? 우리는 그만큼 검색하는 생활에 익숙해져 있어. 이게 바로 우리의 매장이 인터넷에 노출되어 있어야 하는 이유지. 어느 사이트에서나 검색했을 때 너희의 매장이 노출되어 있어야 해.

너희 중에도 온라인 마케팅이 막막하게 느껴지는 친구가 분명히 있을 거로 생각해. 지금까지 오프라인으로 로드 고객만 받았는데, 어느 순간 온라인 중심 세상이 되어 버렸지. 지금도 늦지 않았으니 괜찮아. 언니가 사용하는 온라인 마케팅 종류와 방법을 알려줄 테니 하나씩 실천해 보면 돼. 늦었다고 생각할 때가 제일 빠른 법이니까. 너희들의 매장이 언니처럼 지역 1등 매장이 되도록 힘껏 도와줄게.

자, 우선 매장을 온라인에 등록부터 해야겠지? 제일 먼저 등록할 사이트는 네이버야. 제일 익숙한 사이트를 먼저 공략하는 게 빠르거든. 네이버 지도에 먼저 등록해야 해. 네이버 검색창에 〈네이버 스마트 플레이스〉를 검색해 봐. 거기를 들어가서 〈신규 등록〉을 클릭한 뒤 기존에 등록된 업체인지 확인하는 과정을 거치게 돼. 〈업종〉을 선택해야 하는데, 〈미용실〉이라고 검색하면 〈미용실-일반〉을 누르면 돼. 2023년부터는 사업자등록증 사진을 필수로 업로드해야 하니까 미리 찍어 놓는 게 좋아. 이때가 아니더라도 사진이 필요한 곳이 많아. 그 뒤는 적으라는 것들 다 채워 넣으면 끝이야. 검토 과정은 1, 2일 정도 걸리고 통과하면 최종 등록이 가능해. 매장 정보를 적어 넣는 공간은 최대한 많이 채워 넣어야 상위 노출에 유리해. 아 그리고, 등록신청을 끝내기 전에 〈새로 오픈했어요. 신청하기〉를 꼭 체크해. 그걸 하고 나면 '새로 오픈했어요'라는 문구를 매장명 옆에 90일간 자동으로 노출해 주기 때문에 반드시 해야 해.

등록 방법은 간단하지? 이번에는 블로그를 개설해야 해. 블로그는 네이버에 매장명을 검색했을 경우, 리뷰 영역에 같이 연동되어 나타나기 때문에 노출되는 포스팅이 많을수록 유리하지. 블로그는 너희들 매장을 온라인에서 상위 노출할 수 있는 최고의 마케팅이야. 포스팅을 상위 노출하는 방법도 따로 있어. 뒤에서 자세히 다루게 되겠지만 여기서 필수로 알고 넘어가야 하는 건, 포스팅 내용에 지도를 꼭 첨부해야 해. 그래야 아까 말한 매장명 옆에 리뷰 영역으로 뜨게 되거든. 기억해. 내가 쓰는 글 1개에 블로그 리뷰 1개가 추가 돼. 숫자가 높을수록 잠재 고객들이 오고 싶어 하는 매장이 될 수 있겠지? 블로그 리뷰는 너희의 노력에 따라 올릴 수 있는 숫자니까 열심히 해야 해. 생각보다 많은 고객이 블로그 내용을 보고 방문했다고 말해주시거든. 언니는 항상 신규 고객에게 방문 경로를 물어보기 때문에 잘 알고 있어. 다들 네이버 아니면 블로그야. 종종 인스타그램도 있고. 3가지 모두 온라인을 통해 방문한 거 눈치챘지? 그래서 〈잠재 고객=온라인〉이라고 생각해. 그렇다고 오프라인 마케팅을 아예 배제하면 절대 안 돼. 적절하게 잘 섞어야 하지. 블로그는 뒤에서 자세하게 설명해 줄게.

또 다른 걸로는 카카오 채널도 있어. 요즘은 카카오 채널도 미용실 마케팅에 있어서 필수가 되었을 정도로 사용하는 곳이 많아. 카카오 채널로만 예약을 받는 뷰티샵도 늘어났고 문의도 많이 들어오니, 만들어 놓는 것이 좋아. 고객은 어디서 유입될지 모르니 최대한의 온라인과 매장을 연결시켜 놓아야 해. 이것들의 큰 장점은 너희가 일하지 않는 동안 대신 일해주는 거야. 그게 온라인마케팅의 역할이지.

내비게이션 어플에도 등록을 해주어야 해. 카카오맵과 티맵, 구글맵 이렇게 대표적인 어플은 기본이야. 많은 고객이 다양한 내비게이션 어플을 보면서 찾아오는데, 그중에도 제일 많이 사용하는 3가지 어플이니 등록은 필수! 고객들이 방문하는 도중에도 편안하게 해 드리는 게 우리가 할 수 있는 최고의 서비스야. 이제부터 언니가 하나씩 파헤쳐 줄게.

2

네이버플레이스로 스마트하게 홍보하기

　지금까지 1인 미용실을 운영하면서 가장 큰 효과를 본 건 네이버 마케팅이야. 언니는 주로 예약을 네이버로 받고 있어. 앞에서도 말했듯이, 요즘은 온라인 마케팅이 없으면 매장을 제대로 알릴 수 없는 게 현실이야. 일단 서울과 부산에서만 10년 간 미용 일을 해 온 언니가 이 지역에 1인 미용실을 오픈했다는 사실을 사람들에게 알려야만 했어. 처음에는 오픈 이벤트 내용이 적혀있는 대형 개인 현수막을 만들어서 매장 앞에 걸어 놓기도 하고, 시청에 거리 현수막 광고 신청을 해서 사람들이 많이 다니는 곳에 걸어보기도 했었지. 오프라인으로 하는 마케팅도 처음엔 효과가 좋지만, 한계가 있기 때문에 온라인 마케팅과 동시에 들어가야 해. 온라인은 24시간 너희 대신 잠재 고객을 끌어다 줄 수 있는 큰 매력이 있다고 말했지?

　네이버 예약 통계에 따르면 밤 10시부터 아침 9시까지 가 고객들이 예약신청을 제일 많이 한다고 나와 있어. 그 시간은 매장이 닫혀 있기 때문에 이 말만 들어도 당연히 네이버 마케팅을 해야 한다는 생각이 들 거야. 또한, 매장 위치가 구석진 곳에 있어도 온라인 등록해 놓으면 홍보되기가 쉬워지지. 네이버는 미용실을 오픈하는 동시에 등록해 놓는 게 좋아. 매장등록을 완료했으면, 네이버 스마트 플레이스 화면 맨 밑쪽으로 내려가 봐. 스마트 플레이스 사용법에 대한 무료 교육들이 짧은 영상으로 올라와 있어. 네이버를 완벽히 이용하려면 꼭 한 번씩 들어보길 추천할게. 거기서 마케팅 교육을 들을 수도 있고 네이버페이 결제 방법이나 여러 가지 스마트 플레이스 사용법들을 배울 수 있거든. 언니도 처음 시작할 때 도움을 많이 받았어.

네이버에서 상위 노출이 되려면 최대한 많은 정보를 입력해야 해. 네이버는 매장 정보를 많이 입력해 놓은 업체를 좋아하는 걸 한 번 더 머릿속에 넣어 놓길 바라. 사진이나 글이 없는 업체를 상단에 노출해 주지 않아. 모자이크한 사진도 피하는 게 좋아. 업체를 등록한 뒤에는 스마트 플레이스에서 제공하는 서비스를 모두 연동시켜서 활용해야 하는데, 종류는 네이버 예약, 네이버페이, 블로그 연동, 스마트콜, 네이버 톡톡 연결이 있어. 연동을 시켜놔야 상위 노출 가능성이 높아지니 활용해 보자. 상위 노출도 되고 실제로 언니가 매장을 운영하며 쓰기에도 굉장히 편리한 기능들만 모여있는 걸 경험했거든.

1인 미용실을 운영하다 보면 혼자서 근무하는 경우가 대부분이라 전화 연결이 어려울 때가 많아. 이어폰을 꽂고 전화응대를 해도 되겠지만, 언니는 시술 중에 집중력이 흐트러지는 걸 좋아하지 않기 때문에 네이버 스마트콜을 연결해 놓았어. 스마트콜을 연결해 놓으면 우리 대신 자동응답기가 전화를 대신 받아주고, 미리 설정해 놓은 질문과 답변을 읽어주는 거야. 1인 미용실에 있어서 엄청 편리한 기능이더라고. 예약이 가능한 시간대부터 휴무 요일, 매장 운영시간, 매장 위치 문자 발

송, 주차 여부 등을 읽어주고 네이버 예약으로 연결까지 완벽하게 해주지. 주요 질문과 답변은 우리가 언제든지 변경하고 정해놓을 수 있어. 이걸 사용하지 않을 이유가 없겠지?

네이버 톡톡은 네이버로 예약을 주로 받고 있다면 상담이 제일 많이 들어오는 경로이며, 최근 방문한 고객들에게 단체로 톡톡 마케팅 메시지 서비스도 해주고 있어. 비용이 들지 않을 뿐더러 할인이벤트를 할 때나 주요 공지 사항이 있을 때, 최근 방문 고객들에게 한 번에 메시지를 보낼 수 있어서 이것 또한 놓칠 수 없는 기능이야. 언니는 주로 할인이벤트를 알리고 싶을 때 자주 이용하고 있어. 가격 상담도 네이버 톡톡으로 제일 많은 문의가 들어와.

이번에는 마케팅이야. 네이버에 업체 등록 후 핸드폰에 '스마트 플레이스' 어플을 깔아서 들어가면 마케팅 카테고리가 나와 있을 거야. 마케팅을 클릭하면 '쿠폰' '마케팅 메시지' '플레이스 광고' '지역 소상공인 광고'가 있는데, 언니는 전부 사용하고 있어. 손쉽게 할 수 있고 효과가 정말 좋아.

〈쿠폰〉

쿠폰에 들어가면 '신규 쿠폰 만들기'를 눌러야 해. 그러면 할인쿠폰과 증정 쿠폰이 있지? 헷갈릴 거 없이 둘 다 할인해 주는 건 똑같다고 생각하면 돼. 다른 것이 있다면, 할인쿠폰은 정액(000원), 정률(000%)로 나뉘어 있고 증정 쿠폰은 사진을 등록해서 이름만 등록하는 거야. 음식점을 보면 '네이버 예약 방문 시, 아메리카노 1잔 쿠폰 증정'이라고 적힌 말 많이 봤지? 그게 바로 증정 쿠폰의 사용 예시야. 언니가 둘 다 사용해 봤는데, 미용실은 할인쿠폰이 더 사용하기가 편하더라. '네이버 예약 시 시술 10% 할인쿠폰 증정' 같은 멘트를 넣으면 돼. 실제로 몇 명의 고객이 쿠폰을 다운받아 갔는지 우리 쪽에서만 확인이 가능하니까, 효과를 보면서 지속할지 쿠폰 명을 바꿀지 정하면 돼.

〈마케팅 메시지〉

이건 앞서 말했던 네이버 톡톡 기능으로 단체 문자를 돌린다고 생각하면 편해. 그리고 우리 매장 '혜택 알림 받기'를 설정해 놓은 고객들에게 네이버 앱 푸시 알림으로 메시지를 보낼 수 있어. 쉽게 말하면 마케팅 메시지에는 2가지 기능이 있단 소리야. 1번째는 최근 방문 고객 전체에게 할인이벤트나 주요 공지 사항을 네이버 톡톡을 통해 보낼 수 있고. 2번째는 직접 우리 매장에 '혜택 알림 받기'를 설정한 고객에게만 보낼 수 있다. 대신 후자 쪽은 네이버 앱 푸시 기능으로 문자나 카톡 알림처럼 보내지는 거야. 네이버 톡톡은 간혹 읽지 않는 고객들이 많아. 언니 생각에는 후자 쪽이 고객 입장에서 쉽게 확인할 수 있다고 생각해서, 쿠폰 명을 '혜택 알림 받기 설정하면 시술 10% 할인쿠폰 증정'이라고 만들어 놓고 할인이벤트를 진행한 적이 있어. 어차피 할인 해주는 거 이왕이면 나중을 생각해서, 주기적으로 혜택 알림 받기 고객을 늘리고 있지. 그 결과, 처음 시작한 2주 동안 알림 받기 설정한 고객이 80명이나 늘었어. 효과가 굉장하지?

〈플레이스 광고〉

플레이스 광고는 지역 탐색 관련 키워드 검색 시, 노출되는 광고를 말해. 네이버에 강남미용실, 의정부미용실이라고 검색하면 상위에 있는 곳 중에 매장명 바로 옆 '광고'라고 적힌 것들

본 적 있지? 그곳들이 다 플레이스 광고를 하는 곳들이지. 혹시 너희 중에 유명하지 않은 곳만 광고한다고 생각하는 사람도 있겠지? 그건 절대 아니야. 언니도 마케팅 공부를 하면서 알게 된 사실인데, 잘나가는 기업일수록 광고비로 어마어마한 비용을 투자한다고 들었어. 광고는 사업하면서 반드시 같이 가야하는 친구 같은 존재인 거야. 사업으로 번 돈의 일부분을 다시 우리 사업에 투자해야 해. 그 방법이 바로 광고인 셈이지. 언니도 사실 플레이스 광고를 제일 늦게 시작했어. 매장명 옆에 '광고'라는 문구가 뜨는 게 싫었거든. 근데 너희도 해보면 알겠지만, 이 플레이스 광고가 확실한 상위 노출을 만들어줘. 수도권일수록 뒤 페이지로 갈 수도 있지만, 하지 않으면 아예 묻힐 수도 있다는 걸 잘 생각해야 해. 지방일수록 상위 노출에 유리할거야. 핸드폰으로 스마트 플레이스 어플을 통해서 하는 게 편할 거야. 확실한 마케팅이 되어줄 거니까 추천할게.

〈지역 소상공인 광고〉

이건 처음 등록할 때 말했던, '새로 오픈했어요'를 설정해 놓으면 자동으로 90일간은 노출이 될 거야. 90일이 지나고 나면 지역 소상공인 광고를 등록하는 게 편해. 지역 소상공인 광고는 네이버의 뉴스나 블로그 페이지의 기사 하단 등에 노출되는 거야. 언니도 꾸준히 실행시켜 놓았어. 너희가 선택한 지역의 이용자가 네이버 서비스를 사용할 때 노출이 되는 건데, 읍면동, 법정동 단위로 최대 5개 지역을 직접 선택할 수 있어. OO동, OO동 이렇게 5개 선택할 수 있지. 첫 네이버 광고를 시작하면 10만 원 지원을 해주니까 안 할 이유가 없을 거야. 일정 금액이 지출되고 나면 비즈 머니(네이버 광고 시 사용되는 돈. 미리 충전시켜 놔야 광고 가능) 쿠폰이 네이버 메일로 날아올 거니까 언제 10만 원을 지원해 주지? 하고 초조할 필요는 없어. 1인 미용실 원장님들께 네이버 마케팅 강의를 해 드리고 있는데 제일 많은 질문이 들어온 게 비즈 쿠폰이었거든. 지역 소상공인 광고는 위치를 기반으로 하는 광고여서 주변에 거주하는 사람들에게 홍보하기 좋은 전략이니까 잘 사용해 보도록 해. 메시지를 넣을 때는 할인 OO%를 넣거나, 네이버 예약 방문 시 에센스 증정 문구도 좋아. 언니 매장은 〈붙임 머리+일반 미용, 리뷰 등록 시 에센스 증정〉이라고 해 놓았어. 이것도 언니는 큰 효과를 보고 있으니까, 너희도 꼭 했으면 좋겠다. 너희가 내 책을 읽고 잘 되는 것이 바로 언니의 행복이야.

지역 키워드, 네이버 블로그로 고객 유입하기

 애들아, 온라인 마케팅에서 빼놓을 수 없는 것이 바로 블로그야. 네이버에 매장명을 검색하면 방문자 리뷰와 블로그 리뷰가 같이 나오게 된다는 거 기억하지? 같이 연동되어서 나오기 때문에, 꾸준한 블로그 포스팅이 중요해. 꾸준한 포스팅이 중요한 건 그거 때문만이 아니라, 상위 노출에도 연관이 깊어. 네이버에 매장명을 검색했을 때, 너희가 올려놓은 블로그 내용을 지켜보고 있다가 잠재 고객이 움직이기 시작하거든. 앞에서 언니한테 오는 고객들은 다 온라인을 통해서 방문한다고 말했었지? 언니도 꾸준한 포스팅은 못 하지만, 하나를 적을 때 제대로 적는 습관을 들이고 있어. 물론 꾸준한 포스팅이 제일 중요해. 우리 직업은 몸이 너무 힘들잖아. 퇴근하면 그냥 쓰러져 자고 싶어지지. 다른 직업을 가진 사람들은 전혀 모를 거야, 그래서 언니는 블로그에 올릴 내용을 미리 사진부터 첨부해 놓은 다음, 제목에 키워드를 넣어서 적어놓곤 해. 그렇게 하면 포스팅 내용은 일하는 틈틈이 적을 수 있거든. 한 번에 적어서 올리기엔 초보 블로거들에게는 벅차더라고. 글쓰기 실력이 중요하니까. 그래서 언니도 썼다가 지웠다가 무한 반복한 뒤에야 하나의 포스팅을 완성 시킬 수 있었어.

여기서 중요한 건 '키워드'야. 키워드는 쉽게 말해서, 너희가 블로그를 방문한 고객들에게 알려주고 싶은 주제라고 생각하면 돼. 미용실은 '악성 곱슬 매직' '레이어드 c컬' '히피펌 전문' 이런 식으로 되어있는 게 키워드지. 키워드 선정도 꽤 중요한데, '키워드마스터'라는 사이트가 있어. 거길 들어가 보면, 어떤 키워드가 노출이 잘 되는지 확인할 수 있어서 유용하지. 미용업계는 한정되어 있긴 하지만, 그중에도 노출이 잘 되는 키워드는 따로 있더라고. 잘못된 키워드로 여러 개의 포스팅을 올려버리면, 다 묶어서 누락 되고 노출되지 않아. 이것도 언니 경험담이야. 또한, 키워드를 선정했으면 제목과 포스팅할 본문 내용에 똑같은 키워드를 여러 번 반복해 주어야 해. 상위 노출의 꿀팁이지. 대신 너무 다양한 키워드를 넣는 것보다 1, 2개의 키워드를 반복해 주는 게 효과가 좋아. 사진 7장 이상은 필수로 넣어줘야 해. 중간에 동영상도 첨부해 주면 더 좋고. 우리는 머리 사진이나 동영상을 쉽게 찍을 수 있는 환경이잖아. 대신 고객에게 미리 양해를 구하고 찍어야 한다는 거도 잊지 마. 언니 경험상 양해를 구하면 싫어하는 고객은 잘 없었어.

그럴 일은 잘 없겠지만, 남이 찍은 사진을 업로드하면 노출이 안 되니까 조심해야 해. 네이버는 아무도 사용하지 않았던 사진을 더 많이 노출해 주거든. 연예인 사진이나 유명한 머리 사진을 넣는 것은 비추야. 꾸준히 블로그를 하다 보면, 힘들기는 하지만 키워드 잡는 재미가 쏠쏠해. 몇 시간이면 상위 노출이 되어있는 내 포스팅을 볼 때마다 뿌듯하지. 언니는 포스팅하기 전에 정해놓은 키워드를 네이버 검색창에 미리 쳐보고, 상위 노출된 다른 블로거들을 염탐하기도 해. 사진은 몇 장을 올렸고 동영상은 몇 개를 올렸는지, 키워드 반복은 몇 번 했는지. 그러고 나서 언니는 그 블로그보다 완벽하게 올리려 노력해. 희한하게 그럴 때마다 승부욕이 발동해서 내 포스팅이 더 높게 자리 잡았으면 좋겠더라. 글자 수는 1,000~1,500자 정도를 적어야 해. 너무 길게 적으면 사람들이 금방 이탈할 수 있으니까 주의해. 사실 1,000자도 많다는 생각이 들지? 언니도 그랬거든. 자꾸 하다 보면 익숙해질 거야. 글자 수를 알아보는 거도 네이버에 '글자 수 계산기'를 통해서 가능해. 블로그 본문을 복사해서 올리면 돼. 또한 블로그를 처음 시작한다면, 블로그 명과 프로필 소개란도 전문적으로 보이게 적어야 해. 블로그 명은 한눈에 우리가 미용실 계정이란 걸 알아보게 해 놓으면 되는데, 보통 매장명이나 브랜드명을 적어놓는 경우가 많아. 확실한 정보니까. 프로필 소개란은 특히 중요하지. 너희의 미용경력이나 수상 경력, 자신 있는 시술을 적고 우리 매장만의 독창성을 맘껏 뽐내야 해.

《제목》

- 키워드 1, 2개 포함하기.
- '키워드 마스터'에서 상위 노출되는 키워드 추출하기.

- 글자 수 1,000~ 1,500자

- 사진은 7장 이상(동영상 첨부 추천)

- 제목과 동일한 키워드 여러 번 반복

- 마지막에 지도 첨부(매장 위치)

- 네이버에 연관된 링크만 걸기(타 사이트 링크는 누락 될 확률이 높음)

제목에 정확한 키워드가 들어가야 하는데 언니가 예시를 보여줄게. '강남미용실, 레이어드컷' 키워드를 노출할 거면 제목을 '레이어드 컷으로 유명한 강남 00미용실' 또는 '강남미용실 레이어드 커트하러 00헤어샵에 방문한 날' 등과 같이 목적이 분명하게 들어가야 해. 온라인 비즈니스 중에서 가장 기본이 되는 게 블로그인 것 같아. 꼭 미용 쪽이 아니더라도 블로그를 해보는 것도 나쁘지 않을 거야. 부수입을 벌어들일 수도 있고 체험단을 통해서 매달 식비 정도를 아낄 수도 있지. 블로그를 깊이 알아보고 싶은 친구들은 강의를 들어봐도 좋을 거야. 언니도 강의를 통해 온라인 수익화를 꾸준하게 도전 중인데, 평생 써먹을 수 있어서 너무 잘한 선택이었던 것 같아. 또

강의를 정할 때는 반드시 블로그로 수입을 벌어들이고 있는 사람을 잘 찾아서 배워야 해. 어떤 강의든 현장에서 효과를 보고 있는 분에게 배우는 게 유리한 것 같거든.

포스팅할 때 또 중요한 게 있어. 바로 머리 사진 찍는 요령이야. 물체들과는 다르게 머리 스타일은 실제보다 안 이쁘게 나오는 건 다들 알고 있을 거야. 언니의 꿀팁은 카메라 설정에 '격자' 표시를 설정해 놓고 찍는 거야. 좌우대칭이 삐딱하게 찍히는 걸 방지해 주는 선이 카메라에 생겨서 엄청 편해. 난 사진 찍을 때 엄청난 똥손인데 '격자' 표시를 설정해 놓으니 한결 편하게 찍고 있어. 찍을 때는 허리 정도까지 나올 수 있게 찍는 게 좋아. 사진과 글솜씨는 블로그의 기본인 것 같아. 글은 쓰면 쓸수록 실력이 느는 게 느껴지거든. 처음엔 힘들어도 점점 발전하고 있는 너희의 모습을 보게 될 거니까 우리 같이 해 보자.

4

당신의 근처, 당근마케팅을 활용해라

당근마켓으로 미용실을 홍보하란 소리냐고? 맞아. 당근마켓에도 미용실을 등록할 수 있어. 미용실만이 아니라 다른 뷰티업종이나 부동산, 중고 거래 등 여러 가지를 할 수 있지. 시대가 정말 빠르게 흘러가고 있다는 걸 새삼스레 느끼는 요즘이야. 당근을 통해서도 간편하게 온라인 마케팅이 가능해. 현대인들에게 네이버만큼 익숙해져 있는 지역 중심의 당근(당신의 근처)을 통해 매장을 홍보한다면 금상첨화이지. 네이버 예약 기능을 사용해 본 사람이라면 손쉽게 할 수 있어. 아니 오히려 훨씬 쉬워.

당근 어플을 접속해 보면 나의 프로필, 나의 비즈니스, 비즈 프로필이라는 항목이 있어. 이 항목들을 통해 업체를 관리할 수 있는데 방법은 아주 간단해. 우선 처음에 '나의 당근'으로 들어가서 '나의 비즈니스'를 등록해야 해. 등록할 때는 네이버 업체 등록할 때와 같이 메뉴명과 가격, 할인이벤트 공지, 쿠폰을 등록해 놓을 수 있어. 당근에는 단골 관리를 편하게 할 수 있게 해놨는데 고객들이 직접 우리 매장을 단골 등록을 체크하면 단골 숫자가 늘어나는 방식이야. 단골 혜택이라는 게 있는데 고객에게 단골 등록을 유도할 수 있는 이벤트라고 생각하면 돼. 언니는 등록한 초창기에 단골 혜택으로 시술 10% 할인이벤트를 적어놨었어. 그 외에도 광고나 소식 작성, 쿠폰, 예약 기능도 사용할 수 있어. 홍보 게시글은 무료로 올릴 수 있고, 광고는 저렴하게 측정되는 편이야. 전날 방문 수를 확인할 수도 있지.

언니는 네이버를 주로 이용하기 때문에 업체 등록 정도만 해놓은 상태야. 너희도 당근을 주로 활동하진 않더라도 매장

등록을 해 놓는 걸 추천해. 온라인에서 고객이 볼 수 있는 공간에는 최대한 모두 노출 되어있는 게 좋거든. 언제, 어디서 잠재 고객이 몰려올지 몰라. 준비가 되어있는 사람만이 기회를 잡을 수 있다는 걸 머릿속에 새겨두자.

카카오톡 채널을 활용한 고객 관리

온라인에 매장을 노출해 놓아야 하는 가장 큰 이유는 이제 말 안 해도 알지? 매장이 닫혀있는 동안 생기는 고객의 예약 하고픈 니즈를 잡아야 한다는 거. 카카오 채널에 관해 설명 해 줄게. 예전에 카카오가 전국적으로 멈춰버렸을 때를 다들 기억 해? 그때 개인 카톡보다 더 불편을 겪은 건 바로 사업주들이었어. 카카오 채널 톡을 이용해서 예약받는 매장이 많이 생겼기 때문에, 그만큼 피해가 컸지. 고객이나 업주분들이 많이 사용하면서 관리하기도 편한 카카오를 통한 마케팅 방법도 숙지하고 있는 게 좋아. 쉽게 적용할 수 있는 핸드폰으로 하는 방법을 알려줄게.

너희 매장 채널부터 만들어야겠지? '카카오톡 채널 관리자' 어플을 다운받으면 되는데, 카카오 채널만 검색해도 바로 뜰 거니까 참고해. 어플에 접속하면 '카카오톡으로 시작하기' 버튼이 보일 거야. 기존에 사용하고 있던 카카오톡 아이디로 개설이 가능한 방법이지. 버튼을 눌렀으면 카카오비즈니스 회원으로 전환을 해줘야 해. 전환한다고 해서 원래 카카오톡에 영향을 주지 않으니 걱정 말고. 채널 개설에 필요한 개인정보를 입력해 주고 나면 카카오비즈니스 메인화면이 등장할 거야. 이때부터 채널 만들기가 시작되니까 1분만 집중하면 돼. '새 채널 개설하기' 버튼을 누른 뒤, 채널 이름과 검색용 아이디, 카테고리, 소개 메시지를 입력하면 채널 개설이 완료되는데 여기서 중요한 건 '검색용 아이디'. 한번 정하면 다시는 변경을 할 수 없으니 신중하게 선택해서 적어줘야 해. 검색하기 쉬운 걸로 매장명과 연관 지어서 하면 돼. 채널 이름은 친구가 100명 이하일 때 한번 변경이 가능해.

여기까지 해냈다면 모든 걸 다한 거야. 너무 간단하지? 이렇게 신청을 넣어놓으면 3일 뒤쯤 노출이 될 텐데 처음에는 비공개로 설정이 되어있으니까, 승인이 뜨면 다시 한번 들어가서 노출 버튼만 눌러주면 끝이야. 카카오 채널 톡으로 예약받을 예정이라면, 오픈 준비 중에 하거나 매장 오픈과 동시에 신청해 놓길 추천하고 싶어. 카카오톡 채널의 큰 장점은 같은 대답을 일일이 하지 않을 수 있게 자주 하는 질문과 답변을 설정해 놓을 수 있어. 우리가 답장을 보내지 않아도 미리 설정해 놓은 자주 들어오는 질문과 답변을 고객들이 눌러서 읽을 수 있다는 편리함이 존재하지. 10개까지 가능하고 예상 질문을 수시로 업로드해 놓을 수 있어. 언니가 해놓은 건 '우리 미용실 대표님은 어떤 사람일까?' '우리 매장을 100% 즐기는 방법' '예약 방법이 궁금해요' '시술 가격은 어떻게 되나요?' '매장 오픈 시간과 마감 시간이 궁금해요', '휴무 요일이 궁금해요' '주차는 어디에 하면 되나요?' 등과 같이 여러 질문과 답들을 설정해 놓았어. 너희도 알겠지만, 여러 고객을 상담해 주다 보면 비슷한 답변을 해야 하는 경우가 많은데, 이렇게 미리 카카오톡 채널에 설정해 놓는다면 너희 대신 일해주는 직원이 한 사람 더 생긴 기분이 들 거야. 질문과 답변은 pc에서만 등록이 가능하니까 참고하도록 해.

　또 1:1 채팅 기능도 가능해. 카카오톡이랑 비슷하지만, 여기선 고객이 먼저 우리에게 메시지를 보내야만 대화가 가능해. 응대가 가능한 시간을 설정해 놓을 수도 있고. 그 뒤로는 고객이 대화방 나가기를 누르지 않으면 다음번엔 우리 쪽에서도 메시지를 보낼 수 있어. 가끔 문의를 보내 놓고 답을 기다리는 동안 나가기를 눌러버리는 고객들이 있어. 그러면 우리 쪽에서 답변을 보낼 수 없단 걸 미리 공지해 두는 것이 좋아. 다른 기능으로는 친구로 등록한 고객들에게 단체로 광고 메시지를 보내는 기능이 있어. 카카오톡 채널 메시지를 통해서 고객들에게 웹 페이지로 방문 유도를 끌어낼 수도 있고 링크를 전송할 수도 있지. 채널 포스트라는 것도 존재하는데 블로그에 포스팅하듯이 글을 올릴 수 있어. 언니는 블로그 글을 먼저 적고 링크를 연결해놓기도 해. 여러 번 쓰지 않아도 우리 매장의 정보를 알릴 수 있어서 굉장히 편리해. 이번 달의 이벤트나 오픈 0주년 할인이벤트처럼 주기적으로 하고 있는 이벤트 위주로 글을 올리고 있어. 또 카카오톡 채널은 채널 URL이 생성돼서 홍보할 때 유용해. 블로그 포스팅 하단에 삽입하거나 당근마켓처럼 타 사이트에 우리 매장 예약으로 연결하기 쉬우니까. 유료메시지를 보내는 것도 있는데 매장을 친구 추가해 놓은 고객에게 공지를 보낼 수 있지. 블로그나 네이버 예약으로 연결되는 버튼도 생성할 수 있으니까 꼭 이용해 봐.

이렇게 온라인으로 매장을 홍보할 수 있는 건 다양해. 얼마나 많은 곳에 너희 매장을 노출해 놓느냐가 관건이야. 1인 매장일수록 일에만 집중할 수 있는 환경을 만들어 놓아야 너희가 편하겠지? 언니가 알려주는 것들을 한 번에 할 필요는 없어. 한 가지를 먼저 해보고 어느 정도 마케팅이 자리 잡혔을 때, 다른 걸로 넘어가 봐. 급할 건 없어. 하나씩 너희만의 속도로 나아가면 돼. 어느 것이든 하나만 제대로 해도 매장 운영에 도움이 많이 될 거니까.

6

인스타그램을 활용한 퍼스널브랜딩

언니가 요즘 집중하고 있는 마케팅은 인스타그램이야. 네이버 예약으로 어느 정도 자리를 잡아서 인스타로 넘어갔는데, 느끼는 최고의 장점은 소통이 잘 된다는 점이야. 블로그나 당근, 카카오톡 채널과는 다르게 좀 더 가까이 고객이 있는 기분이랄까? 인스타그램 계정을 만들고 나면 생각해야 할 것은, '나의 고객은 누구인가?' '내 게시물은 누구를 위해 올릴 것인가?'(타깃 설정)를 생각해야 해. 정확한 타깃 위주로 된 내용의 게시물을 올려야 노출이 잘 되거든.

먼저 팔로워를 늘려야 하는데, 게시물을 먼저 올려놓고 나의 인스타그램에 찾아와 줬으면 하는 사람들에게 선팔(먼저 팔로우)을 하는 게 좋아. 언니는 미용실 계정 말고도 글 쓰는 계정을 만들어서 키우는 중인데, 인스타그램 이름에 '북스타그램', '작가', '글쓰기' 등과 같은 키워드가 들어가 있는 사람이 보이면 무조건 팔로우를 하고 다니는 거야.

미용실 같은 경우는 고객을 끌어야 하니까, 언니는 주위에 있는 밥집이나 공원, 카페 등과 같이 이 지역 주민들이 자주 다니는 곳을 위치 태그해서 올리는 방법을 사용하고 있어. 위치 해시태그를 타고 들어가서 자주 방문하는 사람의 계정을 팔로우하던지 인스타그램 광고를 돌리고 있지. 인스타그램 광고도 지역을 정할 수 있어서 괜찮은 방법이야. 주위에 사는 사람들에게 내 게시물이나 인스타그램 스토리로 노출할 수 있거든. 비용도 저렴하게 측정할 수 있어. 인스타그램 계정을 만들 때 제일 신경 써야 할 부분은 프로필 세팅이야. 프로필 방문한 사람들이 단 1초 만에, 너희 계정을 보고 어떤 정보를 주는 계정인지 알아야 제대로 한 세팅이야. 꼭 프로필 이름란에 브랜드명이나 지역, 전문성을 적어야 해. '00 미용실(매장명) / 강남미용실 / 곱슬머리 매직 전문' 이런 식이지. 소개란에 넣지 않고 이름란에 넣어야 검색했을 때 너희 매장이 뜨기 때문에 명심해야 해. 생각보다 모르고 있는 사람들이 많거든.

그리고 소개란에는 한눈에 보일 수 있게 3줄로 짧은 경력이나 전문성을 넣어주는 게 좋아. 언니가 유튜브에서 본 영상 중에 제일 기억에 남는 한마디를 알려줄게. '내 머리 탈색했다가 망해서 탈색만 10년 동안 판 탈색장인' 이렇게 해 놓는다면 한눈에 '이 사람은 탈색을 전문적으로 하는 사람이네.'라는 생각이 들겠지? 이에 맞게 게시물도 탈색한 결과물이나 과정들을 올려놓는 것도 중요해. 3줄이 넘어버리면 '더 보기'를 눌러야 해서 한눈에 보이지 않으니까, 짧고 간결하면서도 강력한 한마디를 생각해 보는 연습을 해보는 게 좋아.

인스타그램 릴스 알지? 릴스가 요즘 엄청나게 유행하고 있어. 언니도 꾸준히 릴스를 올리는데, 릴스를 타고 프로필 방문을 하는 타깃층이 많아. 릴스는 보통 5초 이내의 짧은 영상에 캡션의 글을 길게 적어서 조회수를 늘리는 방식을 많이 사용하고 있어. 긴 영상이 떡상하는 경우도 있는데 그런 경우는 짧은 동영상 여러 개를 붙여서 올리는 게 많아. 요즘 사람들은 집중력이 3초 정도라고 보면 돼. 너희가 유튜브 숏츠나 릴스를 볼 때 내리는 속도를 생각해 봐. 언니는 3초도 안 걸려. 사실 1초 만에 사람들의 이목을 집중시킬 만한 자극적인 릴스가 빨리 떡상하는 편이야. 그런 릴스를 만들기 위한 방법은 하루 만에 완성되지 않아. 여러 개의 릴스를 꾸준히 올리면서 다른 사람들의 릴스도 보면서 벤치를 해야 해.

미용 계정들을 찾아가서 팔로우해 보는 것도 좋아. 같은 직업의 사람끼리는 통하는 게 많으니까, 그 사람들이 팔로우를 어떻게 늘려나갔을지 생각하면서 벤치마킹하는 연습을 해봐. 최단기간에 상위 노출될 확률이 제일 높은 게 인스타그램이라고 생각해. 쉬운 일은 아니지만, 언니도 계속 올려보니까 느낌이 조금씩 오더라고. 너희가 올린 릴스 중에 조회수나 저장 수가 빨리 올라가는 게시물을 집중적으로 파 보는 걸 추천해. 같은 형식으로 내용만 바꿔서 올려 보는 거지. 결과가 저조해도 괜찮아. 다른 방법도 많으니까. 다른 사람의 계정에 가서 찐 팬을 만드는 방법도 좋아. 인스타그램은 소통이 잘 되는 만큼 먼저 댓글도 달고 하트도 눌러주면서 왕래를 늘려봐. 하트를 계속 누르다 보면 너희 게시물도 하트 수가 올라가면서, 노출되는 영역이 점점 넓어지거든. 직접 해보면 언니가 하는 말이 이해될 거야.

제4장

고객 관리는
매출로 이어진다

(재방문율 60% 달성 비법)

1

고객과 실패 없는 의사소통 노하우

지금부터는 고객 관리에 대한 정보를 알려줄 거야. 언니는 재방문율이 60%를 넘어가고 있어. 미용 업계는 사람과의 관계에서부터 시작한다고 생각해. 그래서 언니는 너희가 사람과 대화하는 방법, 고객에게 진심으로 다가가는 방법을 배우고 실천해 봤으면 좋겠어. 이번에도 언니가 실제로 하는 모든 걸 알려줄게.

고객님이 매장에 방문하면 제일 먼저 하는 행동이 무엇일

122
....
1인 뷰티샵 원장 1년 만에 순수익 6000만 원 올리기 프로젝트

까? 매장의 시스템에 따라 예약 여부를 확인하거나, 로드 고객이라면 어떤 시술을 할 건지 대화를 한 뒤에 짐을 보관해 드리겠지. 그런 다음에는 자리에 안내해서 시술에 들어갈 거야. 모든 과정이 다 중요하지만, 전체 과정 중 너희가 제일 신경 써야 할 것은, 시술에 들어가기 전의 사전상담이야. 사전상담에서 모든 게 판별된다고 언니는 확신할 수 있어. 시술에 들어가기 전, 고객의 니즈를 파악한 뒤에 들어가는 것이 중요한데 요즘 다수의 고객이 인스타 같은 SNS에서 본 사진들을 캡쳐해서 들고 오시지? 사진을 보고 해 드린 경험이 많은 디자이너의 경우에 그 스타일을 대충 봐도 어떤 컬과 색감인지 느낌이 올 거야. 언니도 오래 하다 보니 대충만 봐도 어떤 느낌을 원하는지 눈에 보이거든.

근데 거기서 제일 많은 실수가 일어나는 것 같아. 전문가인 우리의 관점을 생각해 보면, 큰 틀을 보고 S컬과 C컬 또는 웨이브의 강도에 따라 들어가게 되는데 일반인들인 고객 입장은 또 다른 포인트를 보고 사진을 들고 올 경우도 종종 있거든. 여기서 고객 입장을 한번 생각을 해볼게. 일단 미용실에 들어와서 시술받기 위해 앉은 후, 원하는 머리 스타일 사진을 전문가에게 보여줬는데 대충 쓱 보고 들어가고는, 내 마음에 쏙 드는 스타일이 나오지 않았을 때 큰 실망을 하게 되어있어. 왜 그런 일이 생기게 되는 걸까?

일단 신규 고객의 경우, 처음 보는 너희에게 신뢰가 쌓이기 전 일거야. 소개로 왔거나 온라인을 통해 잘한다고 해서 왔지만, 자신은 머리 받은 적이 없으니 불안한 마음이 완벽히 사라지지 않은 상태이지. 그럴수록 더 자세하고 오랜 시간을 사전 상담 과정에 투자해야 한다고 생각해.

'고객은 어떤 포인트가 마음에 들어서 이 사진을 내게 들고 왔을까?' 그리고 나서는, '이 포인트를 고객의 현재 모발 상태에 어떻게 하면 제일 어울리게 표현 해낼 수 있을까?'를 생각해야 해. 거기에 연결해서 '이 고객의 이전 시술 이력은 어떻게 될까?'로 이어져야만 하지. 전문가라면 '무조건 됩니다.'라는 마인드가 아닌, 고객이 보여준 사진의 헤어스타일과 고객의 현재 모발 상태를 머릿속으로 접목해 봐야 해. 좀 더 어울릴 수 있는 다른 디자인이 있거나 불가능한 점이 있다면 반드시 사전공지를 하고, 그에 따른 고객의 생각을 충분히 들어본 뒤에 전문가

소견을 드려야 하지. 언니는 항상 시술에 들어가기 전에 고객의 현재 모발에서 할 수 있는 것과 해선 안 되는, 또는 불가능한 스타일을 분명하게 말씀드린 후 그 이유를 이해시킨 다음에 시술에 들어가고 있어.

간혹, 어떤 고객은 전문가인데 왜 못해 주냐는 분들도 계셔. 그런 질문을 듣게 되었다는 건, 전문가 소견을 제대로 전달하지 못한 언니의 탓이라 생각해. 그러니까 시간이 걸리더라도 고객 입장에서 이해가 될 때까지 천천히 설명을 해드려야 해. 의사소통이란, 서로를 이해하고 소통되고 있다는 전제하에 이루어지는 것을 잊지 말아야 해. 이 과정이 끝난 뒤에 시술을 들어가게 되면, 전문가뿐만이 아니라 고객도 결과물이 어느 정도 상상이 되어있는 상태에서 끝날 거야. 이미 언니가 사전상담 때 어떤 스타일이 나올 거라고 예상할 수 있게 설명드리거든. 내가 다시 비슷한 사진을 찾아서 보여드릴 때도 많아. 그렇게 되면 고객 만족도가 떨어지는 일은 거의 없었어.

실제로 언니 매장에 오신 고객들은 만족도가 90% 이상이야. 이렇게 자신 있게 말할 수 있는 건 네이버 리뷰에 고객들의 만족도가 그대로 표출되어 있기 때문이지. 방문자 리뷰를 보면 너희에게 방문한 고객의 만족도를 파악할 수 있어. 리뷰 관리도 엄청 중요해. 소중한 시간을 쏟아부어 주신 고객들의 리뷰에 답글을 정성스럽게 달아야 하지. 처음 방문하는 고객들은 대부분 방문했던 분들의 리뷰를 보고 방문하는 경우가 많아. 고객과 나와의 의사소통의 결과물이 매장이 바로 리뷰라고 말할 수 있어. 리뷰관리가 고객관리로 연결되는 거지. 언니한테 경영 컨설팅을 받은 원장님 중에도 큰 비중으로 리뷰관리를 놓치고 계신 원장님들이 많이 보였어. 리뷰에 달린 답글 내용도 중요한데, 처음에 인사말을 한 뒤에 그날 고객이 하고 간 머리 스타일 이야기를 하면서 관리 방법을 한 번 더 기재해 놓는 게 좋아. 고객을 위한 너희의 마음이 글에 다 드러나도록 적어놔야 해.

잠재 고객들이 다 지켜보고 있다는 걸 명심해. 잠재 고객들은 리뷰를 제일 먼저 보기 때문에, 꼭 관리하고 리뷰작성 이벤트를 통해 리뷰를 유도하라고 추천하고 싶어. 후기를 받아내는 것도 우리의 능력이니 조금씩 연습하면 돼. 정확히는 연습한다기보단, 고객이 적어줄 수밖에 없도록 유도하면 돼. 언니는 처음에 실행하기 쉬운 에센스 증정 이벤트를 추천하고 있어. 네이버 예약으로 방문한 뒤에 리뷰를 적어주면 에센스를 준다고 기재해 놓거나 고객들에게 직접 말씀드리는 방법이야. 고객의 만족도가 높을수록 빠르게 리뷰가 올라와. 고객이 너희 매장에 머물러있는 동안 서비스에 감동하거나 실력에 감탄한 고객들이 집으로 가는 길에 작성을 해주는 거지.

언니 고객들의 리뷰를 보면 대부분 '친절' '원하는 스타일 실현' '편안하고 깨끗한 공간'이야. 언니가 추구하는 키워드를 고객들이 그대로 느낀 거지. 고객이 원하는 스타일을 모발에 접목해서 최대한으로 만족도를 높여드리고, 머물러있는 공간을 최대한 한 사람을 위한 공간으로 바꾸려고 노력하고 있어. 온도와 습도, 다과 준비, 원하는 음악 선정 등 고객을 위해 할 수 있는 행동들은 너무나도 많아. 어려운 거 하나 없이 고객이 잠깐만 머물러도 편안한 공간으로 기억으로 남게 해 드리고 싶어서 한 행동들이야. 마음을 담아 행동하면 돼. 기술은 필수지만 서비스와 친절은 진심에서 우러나오는 행동이 고객의 마음에 진심으로 와닿게 되는 거 같아. 1인 미용실뿐 아니라, 여러 식구와 일하는 매장에서도 충분히 해 드릴 수 있는 서비스들이라고 생각해. 한 사람만을 위한 음악 선정은 어려울지 몰라도, 온도와 습도는 개인 자리에 1인용 난로나 전기방석, 가습기 등 단체조직에 피해가 가지 않는 선에서 실천할 수 있는 것들을 찾아서 하면 돼. 개인 자리가 없는 디자이너라면 고객에게 선물이라도 챙겨주면 돼. 근사한 게 아니라 헤어롤이나 삔, 예쁜 고무줄을 사비로 구입해서 드리는 거야.

주변에서 튀는 행동을 하는 디자이너 본 적 있지? '고객한테 저렇게까지 한다고?' 싶을 정도로 자기 고객에게 정성을 다하는 디자이너. 그런 디자이너들은 분명 다른 디자이너의 고객에게도 진심으로 대해주는 분들이 더 많을 거야. 매출도 확인해 봐. 분명히 안 그러는 너희보다 높을 거야. (팩트폭행 미안) 질투와 시기를 가득 담은 눈빛보다는 비슷하게 따라 해 봐. 잘하는 디자이너를 보고 따라 하는 것도 매출을 늘리는 방법 중 한 가지거든. 진심으로 고객을 대하다 보면 매출도 자연스럽게 올라가고 있을 거란 말을 꼭 해주고 싶었어. 난 진심으로 너희가 모두 잘 되면 좋겠거든.

2

고객에 대한 메모는 영업 치트기

지금 언니 매장 고객 재방문 비율은 60%대라고 말해줬지? 고객 비율은 신규 고객과 재방문 고객 그리고 이탈 고객으로 나눠지는 데, 방문했던 고객이 다시 한번 나를 찾아주는 비율이 재방문율이지. 신규 고객의 유입도 중요하지만, 매장이 어느 정도 자리 잡혔다는 것을 확인할 수 있는 방법이 바로 재방문율이야. 얼마나 많은 고객이 다시 나를 찾아와 주는지를 꼭 확인하고 인지하고 있어야 해. 재방문율이 낮다면 높일 방법을 생각해야 하고. 항상 뜨내기손님만 받게 되면 매출이 불안정하게 되고 언젠간 멘탈도 같이 흔들리기 마련이거든. 너희의 충성 고객층을 만들어 놓아야, 남들이 힘들어하는 불경기에도 안정적인 매출을 할 수 있게 될 거야. 이번에는 재방문율 높이는 치트기를 알려줄 거야. 꼭 그대로 활용해 보길 바라.

재방문율을 높이기 위한 첫 번째 방법은 고객에 대해 메모해 놓는 거야. 미용실에서 사용하는 헤어 프로그램 종류는 다양하게 있는데, 그중에 너희가 사용하기 제일 편한 것을 선택하면 돼. 보통 디자이너 때 일한 매장에서 사용하던 헤어 프로그램이 익숙할 거야. 어떤 프로그램을 사용하느냐는 중요하지 않아. 비슷한 기능을 가지고 있으니까 그걸 얼마나 잘 활용하느냐가 관건이지. 헤어 프로그램의 수많은 기능 중에 고객 메모 칸이 있는데, 언니는 그 메모 칸을 제일 중요하게 생각하고 있어. 고객이 방문했을 때 나눈 대화 내용이나 평소에 불편해하는 머리 관리 부분, 그 고객이 중요하게 생각하는 헤어스타일의 포인트, 좋아하는 컬의 굵기, 고객의 성격은 어떠한지, 대화가 많은 걸 좋아하는지, 조용히 머리만 받고 힐링하고 가는 걸 좋아하는지, 이 고객은 나의 어떤 점 때문에 재방문해 주시는지, 또는 우리 매장을 어떤 경로로 방문하게 되었는지,

헤어스타일 규율이 정해져 있는 직장에 다니는지, 어떤 시간대에 머리 받는 걸 선호하는지, 어떤 머리 기장을 했을 때 만족도가 높았는지, 이런 사소한 모든 정보를 적어놓을 수 있는 공간이야. 언니는 평소에 고객 메모 칸을 정말 꼼꼼하게 메모하고 있어.

적기만 하는 게 아니고 그 내용을 기반으로 다음번 방문 때 활용할 줄도 알아야 해. 남자 고객의 경우는 앞 전 방문에 해드렸던 클리퍼 미리 수를 기억해 놓으면 정말 좋아하셔. 고객이 자리에 앉자마자 언니는 '그동안 불편하신 점은 없으셨나요?' '지난번처럼 클리퍼 미리수는 6mm로 해 드릴까요?' '아니면 이번에는 다른 스타일을 원하시나요?'라고 여쭤보는 습관이 있어. 남자 고객의 경우는 두 번째 방문 때부터 원하는 스타일을 다시 한번 말할 필요가 없어서 편하고 좋다 하시며 다음번에도 언니에게 재방문 하시는 분들이 많아. 방문할 때마다 다른 스타일을 하고 싶어하는 고객의 경우도 메모에 꼭 적어놓는 게 좋아. 그분들은 항상 올 때마다 새로운 스타일을 추구하시거든. 그 고객들은 원하는 스타일 사진을 항상 들고 오시니, 꼭 참고해야 한다는 메모를 해놓곤 하지. 여자 고객들의 경우는 이전에 같이 오셨던 친구분들이나 머리 끝나고 방문한다고 말했던 술집, 밥집, 커피집, 여행지들을 기억해서 메모해 놓고 잘 다녀오셨냐고 물어봐 드리면 굉장히 좋아해. 여자 고객들은 남자 고객보다 좀 더 디테일하게 작성해 놓아야 하지. 수많은 고객 중에 나에 대한 관심도가 높다는 걸 보여주기 때문에 우리에게 더 마음이 가고 기분도 좋아질 거야.

항상 예약 고객이 방문하기 전에 메모를 확인하는 습관을 꼭 들여야 해. 이전 시술을 했을 때 염색이 더디게 나왔던 분이나, 파마를 해드렸는데 컬이 내 생각보다 작게 나왔었다면, 다음번 시술 때는 명도를 더 밝은 염색제를 선택한다던가 컬을 더 크게 들어갈 수 있겠지? 그때도 고객에게 '지난번 염색하셨을 때 만족도가 어떠셨나요?' '불편한 건 없으셨나요?' '이번에는 좀 더 밝게 해 드릴까요?' 등 다른 요구사항이나, 새로운 희망 사항이 있는지 상담 때 물어보고 시술에 들어간다면 만족도가 훨씬 높아질 수밖에 없어. 고객의 입장에서는 더 꼼꼼하고 세심하게 신경 써주는 전문가로 보이게 될 거야.

1인 미용실은 고객과 나만의 공간이야. 한 분이 들어오고 나가는 그 순간까지 한 분께만 집중할 수 있는 게 큰 장점이라 생각하거든. 그만큼 더 꼼꼼하고 디테일하게 상담부터 마무리까지 하는 연습을 해봐. 다른 매장들보다 고객 수가 적을지언정 매출이 떨어지는 일은 절대 없을 거라고 언니는 확신해. 여기부터는 언니만의 비밀 고객 메모법을 전수해 줄게. 꼼꼼하게 적어놓아야 하는 고객메모를 중구난방으로 적어놓으면 볼 때 힘드니까, 한눈에 알아볼 수 있게 4가지로 분류를 하는 거야.

1번에는 고객에 대한 정보를 적어야 해. 고객과 나눈 대화를 기억나는 대로 전부 적는 게 좋아. 예를 들면, 살고 있는 동네나 매장과 얼마나 먼 곳에서 오셨는지, 연애를 얼마나 하는 중인지, 결혼은 하셨는지, 자녀는 몇 명인지, 성격이 밝은지, 조용한 분위기를 좋아하는지, 나와 이야기를 많이 했는지, 남친과 같이 왔는지 등등 최대한 많은 것들을 적는 거야. 언니는 이 챕터의 시작 부분에서 말했던 고객의 모든 거를 1번에 적어놓고 있어.

2번에는 고객의 모발 상태와 당일 들어간 시술 내용만 적어놓으면 돼. 모발의 유형(곱슬기 정도, 손상 정도)부터 이전 시술 이력,

오늘 들어간 염색제, 염색제 들어간 용량, 사용한 펌제와 들어간 용량, 세팅 기계의 온도와 시간, 롯드 호수 기입 그리고 시술 순서를 처음부터 끝까지 꼼꼼하게 적어놓으면 돼.

3번에는 고객이 원했던 스타일을 적으면 돼. 예를 들면 '레이어드 커트에 C컬 펌 원함' 이런 식으로 적어놓는 거지. 4번에는 결과물이야. 고객이 원했던 스타일만큼 나왔는지, 고객이 결과에 만족하고 가셨는지, 만족하지 않았다면 어떤 점 때문에 만족 못 하고 가셨는지, 컬이 얼마나 나왔는지, 내가 생각했던 거보다 잘 나오지 않았다, 다음번에는 좀 더 컬을 강하게 들어갈 것, 등 다음번 시술을 파악해 두고, 다음번 방문 때 읽으면 바로 감안하고 들어갈 수 있게 자세하게 적어놓아야 해. 이렇게 4가지를 모두 적어놓는다면, 다음번 시술 때 실수하는 일은 당연히 없을뿐더러, 나눴던 대화도 잊지 않고 자연스럽게 연결할 수 있어서 전문가의 모습을 더 많이 보여줄 수 있지. 고객 메모는 절대 유출되지 않게 조심하는 것도 잊지 마.

고객의 소중한 정보는 꼭 지켜드려야 해. 다음번 시술을 위한 메모니까 고객과 나와의 약속이라고 생각하는 게 좋아. 너희 성격이 꼼꼼하지 못하더라도, 꾸준하게 고객의 메모를 적는 습관을 들여놓으면 좋은 결과로 이어질 수 있어. 언니도 이 메모법을 대학가에서 일했을 때 배운 건데, 그땐 정말 쓰기 싫고 원장님이 시켜서 억지로 썼던 메모법이었어. 근데 4년간 쓰다 보니 습관이 돼서 다른 매장으로 옮겨도 나 혼자 이렇게 쓰고 있었어. 막상 써보면 굉장히 편리한 방법이야. 재방문율에 큰 도움이 된 효자 메모법이지. 이 책의 내용 중, 메모법만 기억해도 큰 수확일 거라고 생각해. 오늘도 언니는 너흴 응원한다!

3

고객 모발을 보물처럼 다루어라

책 안에 있는 내용들은 전부 언니가 실제로 적용하고 있는 방법들이야. 그중에서도 고객 모발을 보물처럼 다루는 행동은 중요해. 처음 방문한 고객들은 인터넷이나 지인 소개를 통해 초면인 우리에게 모발을 맡기게 되는데, 이때 머리를 해주는 전문가가 본인 모발을 꼼꼼하고 섬세하면서도, 부드럽게 다루어 주면 기분이 좋아지지 않겠어? 조심스러운 손길에 대접받는 중이라 느끼게 해 드릴 수 있지. 초보가 두려워서 살살 다루는 거랑은 다르다는 건 고객들도 한눈에 알아볼 수 있어.

평소에 언니는 고객 모발을 강하지 않게 다루면서 꼼꼼하게 커트나 시술을 해드리는 편이야. 샴푸를 할 때나 섹션 하나를 나눌 때도 힘 조절하면서 들어가지. 이렇게 커트해 드리면 특히 여자 고객들이 좋아하셔. 빗질할 때 아팠던 기억이 있는 고객들이 많이 계시거든. 서비스로 작은 에센스 선물도 드릴 때가 많은데 여자 고객들에게만 드린다는 사실을 최근에야 느끼고 나서는, 남자 고객들도 똑같이 해 드리기 시작했어. 근데 너희 생각보다 남자 고객들이 감사함을 더 잘 표현한다는 거 알고 있어? 언니는 전혀 몰랐었어. 어느 순간부터 여자 고객에게 해 드리는 것과 똑같이 에센스를 드리기 시작했는데, 무뚝뚝하던 남자 고객께서는 도넛을 한 박스 사 오셨고 어떤 고객은 젤리와 과자들을 잔뜩 사 오셨어. 그러면서 부담 갖지 말라고, 에센스 받은 게 감사해서 사 온 거라고 말씀하셨을 때 언니 뒤통수를 세게 맞은 기분이었지. 그때부터 지금까지도 남자 고객들에게 똑같이 모발 영양을 넣어드리고 에센스 서비스를 드릴 때도 똑같이 진행했어.

왜 남성 고객들에게 차별했냐고 묻는다면, 차별한 것이 아니고 많은 남성분이 빨리 나가는 걸 원하지, 서비스해 드려도 당연히 받지 않을 것 같아서였어. 오로지 언니만의 생각이었고 선입견이었던 거지. 물론 괜찮다고 서비스를 안 받고 가겠다는 남자 고객들도 있긴 하지만, 이제는 언니가 필수로 권유하고 있어. 부디 어리석었던 언니의 예전 행동과 똑같이 행동하는 친구가 있다면, 남성 고객들도 같은 서비스를 제공해 드리길 바라. 모두가 같은 고객이고 요즘은 머릿결 관리를 남성들도 여성들만큼 신경 쓰는 경우가 많으니까. 모발도 고객도 보물처럼 다뤄드리는 거야. 남자 고객님들을 보물처럼 다뤄드리는 덕에, 요즘 소개 고객이 더 늘어나고 있어. 소개도 남성분들이 훨씬 많이 해주셔. 우리 매장은 보물이 가득한 매장이야.

4

진정성 있는 칭찬봇이 되어보자

또 다른 재방문율 높이는 방법으로는 고객이 방문하면 한 분마다 한 가지 이상의 칭찬을 해 드리는 것이야. 처음엔 남을 대놓고 칭찬하는 게 부담스럽고 부끄러울 수 있어. 언니도 처음에는 자주 해보지 않던 거라 망설이게 되더라고. 하지만 처음이 어려울 뿐, 한 번 칭찬해 드리고 고객의 기분 좋아진 표정을 보게 되면 두 번부터는 수월해. 작은 칭찬부터 해드려 보는 걸 추천해. 예를 들어, 고객의 신발을 가리키면서 '신발이 너무 이쁘네요. 잘 어울려요.' '옷 색상이 너무 잘 어울리세요.' '가방

이쁘네요', '눈이 크고 이뻐요', '피부가 엄청 좋으시네요' 등 외적인 칭찬으로 먼저 가볍게 시작해 보는 거야.

언니는 보통 옷을 보관해 드리면서, 가운을 입혀드리면서, 가방이나 옷을 다시 건네드리면서 자연스럽게 한 마디씩 던지는 편이야. 또는 샴푸실에 누워 계실 때나 커트하다가도 칭찬을 해 드리고 있어. 부담스럽다고 느껴지지 않을 만큼 한마디씩만 하면 돼. 나는 주로 '피부가 좋지 않아서 고민인데, 고객님은 피부가 밝고 깨끗하세요. 관리 방법이 따로 있으신가요?' 같은 대화방식을 사용해. 진심이 담긴 칭찬 위주로 많이 해 드리는 편이지. 실제로 피부 때문에 고민이 많거든. '칭찬은 고래도 춤추게 한다'라는 말처럼 칭찬을 듣고 기분이 안 좋아지는 사람은 이 세상에 없어. 항상 고객을 대할 때, 나를 찾아와 주셨으니 기분을 최고로 만들어드려야지. 힐링을 제대로 시켜드려야지. 라 생각하며 나부터 행복해진 기분으로 고객의 머리를 해 드린다면, 고객들이 재방문을 하고 싶어질 수밖에 없는 거 같아. 진심이 담겨있는 칭찬이 중요해.

대화하는 방식에는 여러 종류가 있지만 '저는 이러한 고민이 있는데, 당신은 저보다 더 좋은 조건을 가지고 있군요. 방법이 있을까요?'라는 상대방을 적당히 기분을 치켜세워 주면서 하는 칭찬이 제일 접근하기 쉬운 방법인 것 같아. 그렇게 되면 상대방은 '내가 그렇게 대단한 사람인가?' 식의 느낌을 받으면서 속으로 여러 가지 방법을 나눠주고 싶게 되는 심리가 생기게 되지. 물론 아닌 사람도 있겠지만, 대부분의 사람이 그런 편인 거 같아. 언니는 그 방법을 제일 자주 사용해. 가끔 보면 가벼운 칭찬에도 심하게 부끄러워하거나 부담스러워하는 고객도 있어. 그런 고객의 경우에는 시술 중에 자연스러운 대화를 나누면서, 외적인 칭찬보다는 내면의 모습에 칭찬하거나 다른 부분에서 리액션을 더 잘해드리던가, 우월함을 치켜세워 주곤 하지. 칭찬은 생각보다 다양하게 해줄 수 있는 거 같아. 언니도 처음엔 칭찬하기 낯부끄럽고 오글거려서 잘하지 못했는데, 한번 해 드리기 시작하니 지금은 전혀 그렇지 않아. 오히려 밝아지는 고객들의 표정을 보고 더 해 드리고 싶어지는 경우가 많았거든. 또 다른 이유로는, 고객들에게 칭찬을 자주 해 드리다 보니 언니도 칭찬을 많이 듣게 된 것 같아. 좋은 마음을 아무 대가 없이 나눠드리니 나에게 그대로 돌아오고 있는 거라는 생각을 하고 있어. 근데 언니는 칭찬 듣는 게 얼굴 빨개질 만큼 부끄러워.

5

근무 시간에는 극E 성향으로 변신하기

언니의 MBTI는 ISTP야. 몇 번이고 다시 해봐도 ISTP만 나오더라고. 항상 네 가지 모두 45 대 55 정도로 반반씩 나오고 있어. 최근 마지막으로 했을 때도 역시나 똑같이 나왔는데 내향-외향 중에 반반이었던 비율이, 내향 60%로만 바꼈었어. 처음 MBTI가 나왔을 때는 잘 믿지 않았는데 보면 볼수록 나의 성격과 비슷한 걸 보고 신기했었지. 가끔 극 I 성향인 사람들을 만날 때가 있는데 절반 내향형인 내가 봐도 조용하고 소극적이더라. 물론 언니는 그런 사람도 좋아해. 사람 관계에 치이다 보면 쉽게 지쳐버리는 나의 성격은 외향적인 사람에 비해 내향적인 분들이 편할 때가 많기 때문이지. 난 내가 외향과 내향인 성향 절반씩 가지고 있어서 고객들을 대할 때 도움이 많이 된다고 생각하고 있어. 한 번씩 다른 미용실을 방문할 때면 극E 성향을 가진 디자이너분들에게 기를 다 뺏기고 올 때가 있거든. 내가 유독 그런 걸 수도 있긴 해. 언니는 머리를 하면서 내면의 휴식도 같이 취하고 싶은 편이라 조용한 걸 선호하기 때문이야. 이런 면 또한 고객을 대할 때 도움이 많이 되고 있어.

내향적인 모습과 외향적인 모습이 다 있기에, 고객과 시술 전 상담을 할 때 고객의 성향을 최우선으로 파악하고 있지. 고객이 가지고 있는 본연의 성향에 따라 시술 들어가는 중의 행동이나 언어를 선택하는 편이야. 자세히 말하자면 말을 많이 하냐, 적게 하냐의 차이겠지. 오로지 내 생각이지만, 보통은 외향적인 성향들이 고객들을 더 많이 끌어당길 수 있는 것 같아. 고객이 처음 들어오는 순간부터 밝고 상냥하게 맞이할 수 있어야 들어온 사람의 입장에서 더 좋은 인상을 남길 수 있다고 생각하거든. 이 챕터의 제목을 '근무 시간에는 극 E 성향으로 변신하기'라고 정한 이유기도 하지.

평상시에는 혼자 있는 시간을 좋아하고 사람과 길게 이야기하는 걸 별로 좋아하지 않지만, 근무할 때만큼은 사람을 더 좋아하게 되고 고객들과 이야기하는 것이 너무 행복해. 신기하지? 일하면서 고객과 이야기를 많이 하다 보니, 퇴근 후에 혼자만의 생각할 시간이 필요한 걸지도 모르겠어. 고객에게 모든 에너지를 다 쏟아내는 편인 것 같아. 항상 밝은 모습으로 고객의 이야기를 잘 들어주면서, 너희 생각도 적절하게 섞어서 대화를 나누다 보면 고객과 나누는 행복 에너지가 몇 배로 증가하는 것을 느낄 수 있을 거야.

서울에서 근무했던 당시에 같이 근무했던 디자이너가 있었어. 그 사람은 고객이 방문하면 뛰어가서 환한 얼굴로 반겨주며, 머리를 하는 도중에도 밝은 에너지를 끊임없이 뿜어내는 분위기의 소유자였지. 언니는 그런 모습이 부러운 적이 많았어. 죽었다 깨어나도 그럴 수 없을 내 성격이 눈에 훤했으니까. 그런 걸 부담스러워하는 고객들도 있지만 정말 극소수의 고객이었지. 실력은 누구나 노력하면 늘어나지만, 성격은 기술보다 훨씬 큰 노력과 타고남이 어느 정도 받쳐줘야 가능한 것 같아. 절반에 걸쳐있는 외향형 사람인 언니만의 스타일로, 고객들을 맞이해 주면서 자리 잡아나갔지만 타고난 인싸다운 성격의 소유자는 따라가지 못하겠더라. 그래서 1인 헤어샵을 선택한 이유이기도 해. 1인으로 매장을 운영하면서 언니와 비슷한 성향을 가진 사람들이 이끌려 오도록 만들어 나가는 중이야. 자연스럽게 디자이너에 따라 비슷한 성향의 고객들이 오는 것 같아.

그럼에도 고객을 받는 우리의 입장에선 내향형 I중 제일 활발한 I형이 될 수 있도록 노력해야 한다고 생각해. 언니도 극 E형까지 당장은 못되더라도 나만의 스타일로 만들어서 완벽한 절반 E형 인간이 되려 노력하고 있어. 너희들은 어떤 성향을 가지고 있어? 무조건 외향적인 사람이 좋은 법은 없는 것 같아. 너희 본인만의 특징을 살려서 차별화 있도록 경쟁하는 것이 가장 현명해. 오늘도 응원하고 있을게.

6

진상 고객을 찐 팬으로 만드는 노하우

　너희는 진상 고객이라는 단어를 어느 고객에게 사용한다고 생각해? 솔직히 말하자면, 언니는 지금까지 많아야 1년에 1번 정도 힘든 고객님을 상대한 것 같아. 내가 내린 진상 고객의 정의는 '디자이너와 소통이 되지 않는 고객'이야. 반대로 말하면 '고객과 소통하지 못하는 디자이너'가 진상 고객을 많이 만날 수 있게 된다고 생각하고 있어. 언니는 모든 일에 있어서 남 탓을 하는 것보다, 나 자신을 탓하는 게 낫다고 생각하기에, '고객과 소통하지 못하는 디자이너'라는 표현이 더 정확하다고 생각하는 사람이야. 미용실만이 아니라 사람을 상대하는 서비스 마인드를 가져야 하는 직종이라면, 고객의 입장을 먼저 생각해야 하는 사람들이지. 사실 고객의 입장을 생각한다는 건 그리 어려운 일이 아니야. 어딘가 식당에 가거나 물건을 사러 갈 때 반겨주는 직원들이 너희에게 서비스를 해주시지? 그때의 서비스 받는 마음을 잘 생각해서 우리에게 오는 고객에게 만족감을 느낄 수 있게 해 드리면 되는 거야.

자, 말은 쉽다고 생각하겠지? 우리 직업은 남의 비위도 맞춰야 하고 속상한 티를 내서도 안 되는 사람들이니까. 선택한 직업이니 어쩌겠어. 정성껏 서비스를 해드려야 해. 언니가 12년 넘게 사람 상대하는 일을 해 온 입장에서 생각해 보면, 고객이든 일하는 사람이든 모두 똑같은 '사람', '인격체'라는 거야. 대화라는 소통의 창구가 있는 이상, 소통에 집중하면 피할 수 있는 위험은 무지하게 많아. 우선 고객의 소리를 최대한 집중해서 들어야 해. 이 사람이 현재 가지고 있는 고민이나 걱정거리, 해결하고 싶은 문제점을 정말 자세하게 귀담아듣는 거야. 그런 뒤에는 나의 입장에서 해결해 줄 수 있는 문제점과, 당장 해결해 주진 못해도 손질이 최대한 편할 수 있는 중간지점을 고객과 함께 찾아야 하지. 여기서 중요한 건, 반드시 고객이 이해할 수 있게 설명할 수 있어야 하는 건 기본이라는 거야.

언니는 최대한 부드러운 억양으로 고객님이 이해할 때까지 설명을 해드리는 편이야. 이 단계가 번거롭게 느껴지고 너무 우리의 자신감이 넘쳐서 생략되어 버린다면, 시술이 끝난 뒤의 고객 만족도를 예상할 수 없게 되어 버릴 거야. 즉, 본 시술에 들어가기 전에 고객과의 소통이 다 되어있어야 한다는 뜻이지. 보통 오래 걸리는 시술은 여자 고객들이 하는 경우가 많은데, 여자들의 기분은 하루에 수십 번도 롤러코스터 타는 사람도 있다는 거 알고 있지? 언니 역시 예민한 면이 많은 편이야. 고객과 나와의 사이에 첫 대면 때와 시술 전 상담 내용 과정에 있어서, 끝마무리의 감정이 결정 나게 될 수도 있다는 말이지. 물론 이렇게 예민한 경우의 고객은 적을 수 있지만, 보통 진상 고객이라고 칭하는 고객님들은 예민한 편인 분들이 많아.

언니는 서비스직 종사자들은 예민한 사람들을 잘 다루는 사람이 어떠한 고객을 만나더라도 잘 대응할 수 있다고 생각해. 여러 유형의 사람들을 만나게 되는 직업에 종사하고 있다면, 예민한 사람들의 성향을 먼저 파악해 보는 것도 중요한 것 같아. 정말 많은 도움이 될 수 있지. 언니는 나 스스로가 예민한 면이 많은 사람이라, 그 사람들의 표정과 행동 하나만 봐도 어떤 심리 상태인지 잘 보이는 편이야. 예민한 사람일수록, 상담할 때 더 집중해서 듣고 미리 기분을 어느 정도 맞춰봐 드린다면, 시술 도중과 시술 후에는 일사천리로 진행이 될 거야. 너희의 표정과 그에 맞는 행동도 중요하겠지? 잘 들어주고, 잘 공감해 주는 면만 보여드려도 고객의 만족도는 절반 이상 올라가 있는 상태에서 과정이 진행된다고 확신할 수 있어.

언니 매장에서 나가는 모습만 봐도 충분히 느낄 수 있고, 후기를 작성해 주는 정성만 봐도 만족도를 알 수 있기 때문에 이런 말을 해줄 수 있는 것 같아. 예민한 고객님을 받을 때는 다른 고객님을 해 드릴 때보다 훨씬 감정 소모가 많이 되긴 하지만, 너희들 마음의 만족도가 같이 올라가서 뿌듯할 거야. 나도 그럴 때마다 과제를 하나씩 깨부숴 나간다는 마음으로 일하고 있거든.

그래서 언니는 정말 다른 업체를 방문할 때 예민한 면을 숨

기려고 많은 노력을 하고 있어. 너희에게 진상 고객이 많이 오는 편이라고 느끼고 있다면, 가장 어려운 예민한 고객들부터 만족시켜 보는 걸 추천하고 싶어. 힘든 걸 한 가지 해내고 나면 남은 일들은 쉽다고 느껴지기 마련이야. 같은 사람끼리 의지하며 살아가는 이 세상을, 사람 때문에 상처받는 일이 많이 줄어들었으면 좋겠어. 우리 직업은 어쩔 수 없이 사람한테 상처받는 일이 종종 생기니까. 사람의 심리에 관한 공부는 끊임없이 하는 것도 좋을 것 같아. 가장 쉬울 거 같으면서도 어려운 것이 사람 관계니까. 오늘도 같이 이겨나가 보자.

사람에 치여서 힘든 날도 있지만 우리를 행복하게 만들어주는 고객님들이 훨씬 더 많은 게 현실이기에, 힘내서 사람 공부를 해 봤으면 좋겠어. 언니 역시도 하루에 한 걸음씩 발전해 나가는 중이야. 처음부터 완벽한 사람은 없으니, 진상 고객이라는 단어에 너무 마음 쓰지 말고, 내일은 딱 한 걸음만 더 나아가보면 좋겠다. 오늘도 화이팅!

리뷰 깜빡하고 지금 써요! 머리가 정말 중요하다고 생각해서 제일 리뷰가 좋은 미용실을 찾다가 한빛쌀롱을 발견하고 예약하고 갔더니 너무 착하시더라구요.. 더운 날씨다 보니까 물도 챙겨주시고 간식도 챙겨주시고... 단발 고민 정말 많이 하다가 s컬+c컬 같이 했는데 컬도 너무 예쁘게 나오구 ㅠㅠ 드라이법도 알려주시고 되게 편안한 분위기에서 다양한 이야기들 하면서 머리하는데 시간 가는 줄도 몰랐다니깐요...! 다음에도 머리 손질 할 일 있으면 전 무조건 한빛쌀롱 바로 달려갑니다...🙂 예쁜 머리 손질 너무 너무 감사드려요 🖤

🖤 원하는 스타일로 잘해줘요   ✨ 매장이 청결해요

🖤 친절해요   💨 관리법을 잘 알려줘요

😇 분위기가 편안해요   ︿

펌을 몇년만에 해서, 조금 고민했었는데! 너무 예쁘게 잘 해주셔서 기분전환도 확실히 되었구요~ 특히 앞머리 펌은 처음 해봤는데 손질도 편할것같고 넘나 귀엽고 예뻐용 ♡♡ 감사합니다 😊 약 냄새도 거의 안나서 더 좋은것같아요!! 👍

🖤 원하는 스타일로 잘해줘요   🙆 손상이 적어요

💇 맞춤 케어를 잘해줘요   💨 관리법을 잘 알려줘요

🧴 좋은 제품을 사용해요   ︿

앞머리 기르고 있는데 마의 길이라 귀에 걸리지도 않고 걸리적 거렸
는데 적당한 펌으로 잘넘어가게 만들어주셨어요! 👍
그리구 제가 원하던 깔끔하게 똑 떨어지는 단발 말씀드렸는데 마음
에 쏙 들게 커트해주셔서 너무 만족!!
일때문에 시간이 잘안났었는데 이제 머리는 어떻게서든 시간내서
한빛쌀롱으로 가야겠어요~~~
이쁜 머리 감사해요

   🩶 원하는 스타일로 잘해줘요   🖤 트렌디해요

   ✨ 매장이 청결해요   🖤 과도한 권유가 없어요

   🧤 가격이 합리적이에요   ∧

1:1 시술이여서 그런지 집중적으로 잘 해주셔서 원했던 스타일대로
잘 나온 거 같아요!
중간중간에 간식도 챙겨주시고 이야기도 잘 해주셔서 안 심심하게
기다렸던 거 같아요🫶

   🩶 원하는 스타일로 잘해줘요   💨 관리법을 잘 알려줘요

   🧑 분위기가 편안해요   🔍 시술이 꼼꼼해요

   🧴 좋은 제품을 사용해요   ∧

사장님이 너무너무 친절하시고, 불편한건 없는지 중간중간 계속 물어봐 주셔서 너무 편하게 했어요. 펌 관리법도 자세히 알려주셔서 유용했고, 무엇보다 머리가 예쁘게 잘되어서 기분이 좋네요ㅎㅎ 재방문의사 100프로예요, 번창하세용~^^

😎 트렌디해요　🔍 시술이 꼼꼼해요　🖤 친절해요

📋 상담이 자세해요　💇 관리법을 잘 알려줘요　ᐱ

스타일 상담도 친절하게 해주셔서 이것저것 원하는거 편안하게 얘기하기 쉬웠어요 꼼꼼하게 머리 잘 해 주셔서 결과가 너무나 만족스러워요 관리방법도 잘 알려주셨답니다 앞으로 단골 될 거 같아요

🤍 원하는 스타일로 잘해줘요　👩 스타일 추천을 잘해줘요

🖤 친절해요　💇 관리법을 잘 알려줘요

🔍 시술이 꼼꼼해요　ᐱ

사장님이 진짜 친절하시고 제가 원했던 머리대로 잘 해주셨어요🧖
헤어스타일 고민같은 것도 친절하게 상담해주셨습니다!💇🖤

🤍 원하는 스타일로 잘해줘요　🖤 친절해요

🧖 분위기가 편안해요　ᐱ

얼굴형에 맞춰 시술해 주셔서
무척 맘에 듭니다
손질법도 친절하게 알려주셔서
앞으로는 혼자서 관리 잘 할 수 있겠어요
동네에 마음에 드는 미용실이 있다는 건
축복이죠.

🖤 원하는 스타일로 잘해줘요   👩 스타일 추천을 잘해줘요

🔍 시술이 꼼꼼해요   📋 상담이 자세해요

💨 관리법을 잘 알려줘요   ∧

엄청 친절하게 처음부터 끝까지 설명해주시고
머리도 엄청 신경써서 해주세요-!!
어제 머리하고 오늘 출근했는데 만나는 사람마다 머리 컬 너무 잘
나왔다고 어디서 했냐고 다 물어봐서 기분이 좋았어요🖤
다음에 머리할 때도 꼭 들릴게요!

🔍 시술이 꼼꼼해요   🖤 친절해요

🖤 원하는 스타일로 잘해줘요   🌑 손상이 적어요

👩 맞춤 케어를 잘해줘요   ∧

7

트렌드를 읽는 헤어디자이너

이 세상에서, 이 뷰티 직종에서 살아남으려면 빠르게 변화하는 트렌드를 반드시 읽을 줄 알아야 하지. 요즘은 모든 영역에서 정말 미친 듯이 급변하는 세상이야. 언니 또래들은 뒤가 볼록하게 튀어나와 있는 옛날 모니터부터 2G 폴더폰, 터치되는 스마트폰까지 다 겪은 세대이고 사회적으로도 보지 않아도 될 일들을 다 보고 자라온 세대야. 얼마 전에 오랜만에 만난 1인 미용실 원장이 된 친구들과 수다를 떨었는데, 각자의 위치에서 본인만의 방식대로 열심히 살고 있는 모습을 보며 힘을 얻고 왔어. 이야기 중에 트렌드가 정말 빠르게 변화하고 있다는 말에, 다들 공감을 했지. 점점 따라가기 벅차다면서, 부모님 세대가 더 못 따라오는 이유를 이제야 알 것 같다는 이야기도 했어. 나이를 한 살씩 먹을수록 급변하는 사회에 적응하기가 버거워지는 것도 같거든.

그렇지만 우리 뷰티업종은 트렌드를 놓치지 않고 앞서가야만 고객들에게 만족을 줄 수 있는 직종이라고 생각이 들어. 요즘 젊은 층의 친구들은 사전상담과 동시에 미리 캡처한 SNS 사진들을 여러 장 펼치면서 시작하지. 그 사진 속의 스타일을 보면 요즘 트렌드를 이미 다 익히고 온 고객이 대부분이야. 그렇기 때문에, 트렌드를 직접 고객에게 선사해야 하는 우리들은 이미 완벽한 준비를 끝마치고 있어야만 해. 너희들은 요즘 유행하는 스타일이 무엇인지 알고 있어? 어떤 한 끗 차이의 스타일링을 우리 고객들이 좋아하고 갈망하는지, 어떤 스타일이 제일 인기가 많은지, 정확하게 알고 있어야 해. 머릿속으로만 알고 있고 고객에게 완벽하게 해 드리지 못하는 건 모르는 거랑 마찬가지야.

모른다면, 당장 오늘부터라도 트렌드를 앞서가고 있는 사람에게 가서 배워야 한다고 생각해. 일반인들은 기본적으로 전문가에게 가지고 있는 기대치가 높고, 고객 스스로의 눈과 귀의 수준이 높아져 있으므로 절대 뒤처지면 안 돼. 일반인보다 한 걸음 더 앞서나가서 완벽한 상태로, 고객들을 맞이해야 실패가 줄어들어. 수도권은 지방보다 앞서 나가 있는 사람들이 많은 편이지만, 지방에 있는 전문가들일수록 많이 배우고, 새로운 것들을 꾸준히 습득하려는 의지가 있으면 좋겠어. 지방에 살수록 수도권보다 삶의 질이 높아지고 나태해지는 게 현실이거든. 빡빡한 삶보다는 느슨한 삶을 원하는 사람들이 비교적 많이 있기 때문이야. 언니도 수도권에서만 10년 동안 보내다가 내려온 입장인데, 확실히 편하고 여유롭지만 나태해질 때가 있어. 그래서 지금은 끊임없이 배우고 실천하면서 다시 수도권으로 올라갈 준비를 하는 중이야. 마음이 많이 지쳐서 내려왔지만, 다시 버틸 수 있는 경력과 마음이 단단하게 자리 잡는 중이거든. 끊임없이 앞으로 나아가기 위해 외면보다는 내면을 공부하고 가꾸는 중이야. 우리 뷰티업 종사자들은 트렌드를 읽고 그 트렌드 안으로 들어가기 위한 노력이 계속되어야 해. 그렇다면 트렌드를 읽는 디자이너가 되기 위한 방법은 뭐가 있을까?

가장 쉽게 접근할 수 있는 건 SNS나 유튜브 영상이야. 인스타그램 릴스나 유튜브 쇼츠 영상을 몇 분 동안 쭉 내리다 보면, 최근에는 어떤 스타일들을 많이 하는지 대략 적으로 알 수 있어. 그 스타일들을 미리 파악해 놓고 연습해 보거나 잘하는 사람에게 비용을 지불하고 배우러 가야 해. 생각보다 내 주위에는 교육에 목말라 있는 뷰티업 종사자들이 적은 것 같아. 실제로 교육을 들으러 가면 배움에 진심인 분들이 엄청 많거든. 그런 사람들과 가깝게 지낼 수 있어야 해. 나이와 관계없이 배움에 열정이 넘치는 사람들과 대화를 나눠보면, 가슴이 두근거리더라고.

언니는 초보 디자이너 때부터 꾸준히 교육을 들어와서인지, 지금까지도 새로운 스타일이나 꼭 배우고 싶은 것들이 생기면 수강하러 다니고 있어. 최근에는 대구, 서울, 대전, 부산을 다녀왔지. 커트 교육도 있고 열펌이나 염색, 붙임 머리 등 도태되지 않고, 나 자신과 고객에게 부끄럽지 않은 원장이 되려고 열심히 노력 중이야. 한 업종에 오래 종사하면 누구나 고인물이 되기 십상이야. 지금도 여전히 새로운 미용실들은 생겨나고 있고, 트렌드를 이끄는 젊은 세대들이 치고 올라오고 있어. 앞으로는 훨씬 더 생겨날 수도 있지. 편의점보다 많은 개수가 있다는 미용실은 특히나 치열할 거야.

언니가 항상 강의할 때마다 하는 말은, '남들이 하는 만큼은 기본적으로 갖추고 있어야 한다.' 야. 마케팅을 시작할 때는 남들이 이미 하는 건 필수로 갖춘 다음에, 거기서 나만의 차별화를 만들어 내야 한다고 생각해. 수많은 미용실 사이에서 잠재 고객이 나를 찾아올 이유를 제시해야 해. 사람들은 이유 없이 절대, 아무 곳이나 가서 돈을 쓰지 않아. 소비자들도 똑똑하고 현명한 소비를 하기 시작했기 때문에, 그에 맞춰서 너희도 만반의 준비를 하고 고객을 맞이해야 해. 언니도 여전히 노력하며 성장 중이야. 끊임없이 성장해야 하는 미용이라는 직종이 멋지지 않아? 언니는 이런 이유로 10년 넘는 세월 동안 미용업계에 발을 담그고 있는 것 같아. 직업 제외하고는 모든 걸 금방 지겨워하는 사람이라, 더 진심으로 미용을 사랑하고 있어. 미용실을 그만하는 날이 오더라도 또 다른 뷰티업계 쪽에서 일을 하고 있을 것 같아. 모든 뷰티 직종은 비슷한 강점이 있다고 생각하니까.

제5장

유리멘탈이 되기 쉬운 직업, 헤어디자이너

1

멘탈이 바닥을 칠 때

이 세상에 존재하는 직업은 쉬운 일이 단 하나도 없어. 다들 자기 직업이 제일 힘들고 고된 업이라 생각하기 마련이지. 헤어디자이너란 직업은 육체적, 정신적으로 같이 힘든 직업이라는 건 미용업에 종사하시는 분들은 알거라 생각이 들어. 사람마다 다르겠지만, 미용업에 발을 들인 지 얼마 되지 않은 사람은 하루하루가 고역일 수도 있고 너무 재밌어서 힘든지 모르겠다는 사람도 있어. 미용이 적성에 너무 잘 맞아서 잘 버티다가도, 사람은 누구나 지치는 시기가 오기 마련이지. 어떤 날은 고객이 나에게 머리가 마음에 안 든다고 소리칠 때도 있고, 어떤 날은 머리 시술을 받은 돈을 계산할 수 없을 만큼, 마음에 안 드니까 돈을 내지 않겠다고 하는 고객도 있어. 또, 어떤 날은 구레나룻을 손대지 말라 해서 다른 부분만 커트를 해드렸는데도, 구레나룻이 마음에 안 든다고 커트보를 얼굴에 던지는 고객도 있지. 2시간 동안 원하는 색상으로 염색을 해드렸는데, 지갑을 안 들고 왔다고 배 째라는 식으로 나와서 경찰이 매장에 온 적도 있어. 언니 어머니 나이대 고객님이 커트를 원하는 기장보다 1cm 정도 짧게 잘렸다고, 다른 고객들이 많은 곳에서 30분 넘게 엉엉 울고 앉아계신 분도 보았고. 믿지 못할 수도 있겠지만, 전부 언니가 경험한 일들이야.

사실 10년 넘게 미용 생활을 하면서 이 정도 고객들은 적은 수에 속해. 미용실에 들어오는 순간부터 짜증이 나 있는 분들은, 나가는 순간까지 짜증을 내는 경우도 많고 어려 보인다는 이유로 처음부터 무시하는 말투를 사용하는 분들도 있어. 사람을 대할 줄 모르는 어린 나이에는 정말 감당하기 힘든 일들이지. 언니는 그나마 표정 관리를 잘하는 편이라, 사람 많은 곳에서 엉엉 우는 나이 많은 고객이 계셔도 울음을 그칠 때까지 기다려드린 후, 마지막 계단에 내려가는 순간까지 배웅해 드리기도 했어. 머리가 마음에 안 들어서 돈을 계산할 생각이 없다는 분께도 똑같은 표정으로 대하기도 했고. 포커페이스를 잘하는 편이어서 사람들 앞에서는 티를 잘 안내지만, 혼자 사는 집에 들어가는 순간부터 힘듦이 한 번에 휘몰아치는 편이었어. 정말 많이 울었지. 사람을 대하는 서비스 직종은 항상 좋은 사람들만 만날 수 없다고 생각해. 나도 우리 집에 가면 귀한 자식인데 함부로 대하는 고객을 만나면 세상에서 제일 서러워지는 나이잖아. 20대 때는 마냥 슬프고, 이 직업은 나랑 맞지 않는 것 같다면서 유리멘탈이 되어버리곤 했었어.

지금 생각해 보면 경험 부족, 기술 부족, 서비스 부족, 의사소통 부족이었지. 모든 게 부족한 사회초년생에게는 견디기 힘든 현실이고 사회생활이었어. 그래서 가끔 대형프랜차이즈에서 끝까지 버텨서 안정적이고 탄탄하게 디자이너를 달았으면 조금은 더 나은 디자이너가 되지 않았을까? 생각할 때도 있었지. 좀 더 완벽하게 준비해서 디자이너 승급되었으면 힘든 고객을 마주치지 않을 수 있지 않았을까? 하고 말이야. 현실 부정에 과거의 선택에 대한 후회들을 할수록 언니의 멘탈은 바닥을 향하고 있었어. 끝도 없이 멘탈이 바닥을 치고 있으면서, 자존감도 같이 내려간 적이 한두 번이 아니야. 그때마다 견뎌온 건 함께 일하는 동료들도 큰 힘이 되었고, 미용이 재미있었고 이 직종이 나에게 잘 맞다고 생각해 왔기에 이겨낼 수 있던 것 같아.

지금은 원장이 되었고 쌓아온 경력만큼, 사람을 대하는 법도 많이 늘었기에 그런 일들이 거의 없지만 지금도 과거의 언니 모습에 위치해 있는 친구들이 많을 거란 생각이 들어. 오늘 근무를 마친 기분은 어때? 힘들고 지쳐도 방문해 준 고객에게 감사함을 느끼나? 혹은, 내일 당장 때려치우고 싶을 만큼 힘든 하루를 보냈어? 어떤 기분이 드는 하루였건 간에 너무 고생 많았어. 때려치우고 싶은 날이었다면, 오늘 일어난 일들은, 한참 뒤에 돌이켜보면 한 줌의 먼지로 남을 수도 있는 일들이니, 너무 크게 상심하지 않았으면 해. 지금 책을 쓰고 있는 언니에게도 다 일어났던 일이고, 너희와 같이 일하는 높은 직급의 선생님들 또한 다들 겪은 일들이 오늘 일어난 것뿐이니까. 서비스 직종에 종사하는 사람들이 감정의 쓰레기통이 되어서는 안 되지만, 다른 직종도 그 강도만 다를 뿐 힘든 일들이 많을 거야. 앞으로의 과정에 있어서 모양만 변형되어 힘든 일들이 계속 들이닥치는 게 인생인 것 같아. 그 과정의 모든 시기마다 좌절하고 낙담하는 것보다, 힘든 일이 생길 때마다 이겨내는 나만의 방법을 찾아서 앞으로 나아가는 게 중요하다고 생각해.

언니는 좌절이나 실패를 자주 겪은 사람만이 성공의 기쁨을 제대로 느낄 수 있을 거라고 확신하거든. 실패나 좌절을 두려워하지 마. 인생은 성공으로 가는 과정만이 존재하니까, 지금의 감정을 잊지 말고 똑같은 상황이 언젠가 또다시 들이닥칠 때, 지금보다 한 발 나은 결정을 하면 돼. 너희가 성공에 한 걸음 가까워진 거라 생각하면 마음이 한결 편해질 거야. 그렇게 버티고 나아가보니 평범했던 언니도 이렇게 원장이 되었고, 다른 1인 뷰티샵 원장님들에게 강의를 통해 도움이 되는 다양한 방안을 제시하면서, 좋아하는 걸 찾아 글을 적고 있잖아. 너희도 포기만 하지 않는다면 앞으로의 인생은 훨씬 멋진 일들이 기다리고 있을 거야. 오늘도 응원할게. 그리고 혹시나 이런 소리들이 하나도 귀에 안 들어올 만큼 힘든 요즘이라면, 책도 닫고 그냥 아무 생각 말고 푹 쉬어. 누군가의 응원을 들을수록 힘이 되지 않고 독이 되었던 날들이 언니한테도 있었거든. 그땐 핸드폰도 멀리 치워놓고 혼자만의 시간을 가지면서, 아무 생각 없이 잠을 자도 좋고 맛있는 거 잔뜩 먹으면서 쉬기만 하는 걸 추천하고 싶어. 휴식을 잘 즐기는 방법도 알아야 쉽게 무너지지 않거든. 쉬는 게 어려우면 그것 또한 연습해 놓아야 해. 우리가 하루를 열심히 살아가는 이유는 각자의 미래가 행복했으면 하는 마음이 크지 않을까? 그러니 지금 당장 죽을 만큼 괴롭고 힘든 날에는 아무것도 안 해도 돼. 너희들이 잘 이겨내고 행복했으면 좋겠다. 아침이 오기 전 새벽이 가장 어두운 법이고, 밝은 아침은 반드시 올 거야.

지금이 아니라면 언제 하겠는가?

　30대인 지금의 언니 나이에 인생을 자꾸만 거론하기엔 이른 감이 있지만, 다른 친구들보다는 우여곡절을 많이 겪은 편이라 이런 말을 해줄 수 있는 거 같아. 솔직히 말하자면, 앞으로의 인생은 더 힘든 일들이 많이 생길 거야. 사업을 시작할 때도, 재테크를 마음먹고 해 보려고 공부를 시작할 때도, 결혼하고 싶은 상대방이 생겨서 내 남은 일생을 함께해도 될 사람인지 판단할 때까지도. 인생의 큰 비중을 차지하는 건 '선택'인 것 같아. 성인이 되고 나면 내 인생에 대한 선택은 오로지 나의 결단이며 책임이 뒤따라오게 되어있지.

언니가 20대 나이였을 때, 모든 선택이 내 몫이어서 오히려 설렐 때가 많았어. 누구의 탓도 아닌 오로지 나만이 할 수 있는, 내 미래의 설계를 한다는 자체가 행복했었어. 어렸을 때부터 부모님이 하라는 건 죽어도 하기 싫어하는 사람 중 한 명이었거든. 독립적인 성향이 강한 아이여서 그랬던 걸까. 그런 내가 항상 싫지만은 않았어. 지금도 큰 장점이자 단점이라면, 자기주장이 강하고 하겠다고 마음먹은 건 하고야 마는 성격이지. 뭘 하든 간에 잘할 자신이 있었거든. 정말 아무 근거도 없이 말이야. 나 혼자의 선택이 두렵고 사회생활 하기 겁나서 시골인 이곳에 성인이 되어도 쭉 머무르고 있는 친구들이 있어. 처음 보는 사람들이랑 친해지기도 싫고 익숙한 곳에서만 생활을 하고 싶어 하는 성향의 소유자들이지. 언니한테 오는 학생 고객 중에도 많이 있어. 그런 학생들을 볼 때마다 여기에 있지 말고 다시 돌아오더라도 큰 곳으로 가서 생활해 보라고 꼭 이야기하고 있어.

20대 청춘 때가 아니면 언제 뒷일 생각 안 하고 편하게 살아보겠어? 30대가 되고 나이가 차오를수록 안정적인 걸 원하고 찾아가게 되어 있기 때문에 그때가 제일 부담 없는 기회라고 생각해. 여러 번 부딪혀 보고 넘어져도 보고, 다쳐도 봐야 정말 안정적이어야 할 때 제자리를 찾을 수 있어. 사실, 나이가 들어서도 여러 가지 도전하는 분들은 정말 대단하고 존경스럽게 생각해. 쉬운 결정이 아니었을 텐데도 불구하고 경험하고 싶은 것, 자기의 행복을 찾아 일을 하는 건 정말 큰 용기라고 생각이 들거든. 언니도 닮고 싶은 분들이야. 그러니, 20대나 30대 때는 많은 경험이 우선이야. 뭐든지 도전해 보고 실행해 보고, 안 되면 또다시 다른 걸 도전해 봐도 늦지 않은 충분한 나이지. 지금이 아니라면 언제 다양한 경험을 해보겠어? 준비되어있는 사람만이 수많은 화살처럼 날아드는 기회를 잡을 수 있다고 생각해.

미용실 일도 마찬가지야. 여러 방법을 통해서 파마 롯드를 말아도 보고 다른 섹션으로 아이롱 드라이를 해보기도 하고, 염색도 다양한 종류의 염색약을 섞어서 만들다 보면 자신만의 레시피가 생기지. 그걸로 남들이 배우고 싶어 할 만큼 발전을 시켜서 많은 사람에게 공유도 하면서 부수입을 만들어 낼 수도 있잖아. 요즘처럼 SNS가 활발한 세상은 너희 스스로 마케팅하기 최적화인 세상이야. 이런 발전할 기회가 넘쳐나는 세상에 살면서 아무것도 안 하기엔 너무나도 아깝지 않아? 너희 생각보다 팔로워가 늘지 않으면 실망할 것이 아니라, 잘나가는 사람한테 다가가서 비용을 결제해서라도 배우면 되는 거야. 혹은, 다른 주제로 바꿔서 SNS 계정을 키워나가면 되고. 지금은 핸드폰을 잠깐만 들여다봐도 지식이 넘쳐나는 세상이야. 오히려 너무 넘쳐서 과부하가 걸릴 수 있기도 하지. 강의 하나를 듣더라도 잘 골라서 옳은 것들만 들을 수 있어야 해. 그런 안목을 키우기 위해서는 처음에 배우고 싶은 주제의 강의를 다양하게 들어보거나, 꾸준히 독서하는 것도 도움이 될 거야.

유튜브에서 본 내용인데 책을 몇 권만 읽었을 때보다 수백 권을 읽었을 때, 올바른 지식과 선택이 무엇인지 알게 된다고 하더라. 몇 권의 책을 본 걸로 그게 정답이라고 생각하지 말아야 한다는 뜻이야. 언니의 롤모델 켈리 최 회장님께서는 '한 분야의 책을 100권 읽으면 그쪽 분야의 전문가가 될 수 있다'라고 말씀해 주셨어. 그만큼 많은 독서량도 중요하다고 볼 수 있어. 또, 진짜로 돈을 버는 건 40대부터라고 말씀해 주셨어. 20

대와 30대에는 경험을 힘껏 해보라고 조언해 주시기도 하면서.

언니는 지금처럼 미래를 위한 준비를 하는 게 정말 행복하고 즐거워. 노년의 나이 때 편하게 살려면, 젊은 나이 때 하는 고생은 아무것도 아니라는 마음가짐으로 하루하루를 열심히 살아가고 있어. 때로는 너무 벅찰 정도로 힘든 날도 있지만, 성공으로 가는 과정 중의 하나라고 생각하면서 멘탈을 단단하게 잡아나가는 게 중요하다고 생각해.

3

피하지 못하면 즐기자! 3, 6, 9 법칙

많이들 들어봤겠지만, 미용 생활에 있어서 3, 6, 9 법칙이 전해져 오고 있잖아. 처음에는 미용 직종에만 해당되는 이야기인 줄 알았는데 아니더라고. 다른 직종들도 마찬가지라고 하더라. 신기하지? 직장 생활을 할 때 3일, 6일, 9일, 3개월, 6개월, 9개월, 3년, 6년, 9년마다 권태로움이 찾아온다는 표현이야. 특히 미용실 근무하면서 3개월, 6개월, 또는 3년의 고비를 못 이기는 분들을 많이 봐 온 것 같아. 너희들도 본 적 있지? 혹은 너희가 그런 적 있을까?

언니는 자주 겪어봤어. 끈기가 있는 편이라 잘 버티는 편이긴 하지만, 앞 내용에서 말해왔듯이 정말 미친 듯이 힘든 날들이 올 때가 간혹 있었는데 그때마다 일을 쉬어버렸어. 제목에도 '피하지 못하면 즐기자'라고 적혀있듯이, 언니는 버티면서 즐기라는 말을 하고 싶은 게 아니야. 정말 버티고 버티다 안되면 원장님께 현재 너희 상태를 말씀드리고, 양해를 구한 후에 쉬라고 말을 하고 싶었어. 혹시나 일을 쉬지 못하더라도 같이 근무하는 미용 선배들의 배려가 있을 수도 있고, 며칠 만이라도 콧바람 쐬고 오라는 분들도 계실 거야. 본인들도 다 겪어 온 일태기(일+권태기) 가 온 거라는 걸 너무 잘 알기 때문이지.

간혹 서울의 유명 헤어샵의 직원 복지 중에 성형 휴가, 또는 생리휴가, 일태기 휴가를 낼 수 있는 헤어샵들이 있어. 이러한 것들이 다 경험에서만이 나올 수 있는 직원복지 시스템인거야. 미용 생활을 길게 하다 보면, 내가 할 수 있는 최고점의 기술까지 습득했다는 느낌을 받는 날이 오게 되어있어. 그럴 때가 제일 위험한 일태기가 올 수 있지. 더 이상 배울 게 없다는 생각이 무의식에 지배가 될 때, 사람은 나태해지기 십상이거든. 물론 그 최고점의 기준은 사람마다 다를 거야. 기본적인 커트, 파마, 염색 등이 자연스럽게 흘러가게 할 수 있다는 생각이 들 때 그런 경우를 많이 보았어. 또는, 정말 예민하고 힘든 케이스의 손님을 연달아서 마주하게 되었을 때 그럴 수도 있어. 그때는 '미용은 내 길이 아니구나'라는 생각이 머릿속을 지배하지.

하지만 권태로움이 찾아올 때마다 쉽게 포기해 버리고 쉬어야 한다는 말은 절대 아니야. 그런 자세를 지속하다 보면 어디서든 사회생활을 하기 힘들어지거든. 자신의 기준에서 버틸 만큼 버티면서 주변의 어느 누가 보기에도 최선을 다하고 있다면, 그 사람들이 인정해 주는 때가 오게 돼 있어. 그때가 왔을 때, 며칠 쉰다 해도 아무도 말리지 않을 거야. 대신 그때까지는 정말 열심히 달려야 해.

사람은 누구나 지치는 시기가 오게 되니까. 정말 쉬어야 할 때, 너희가 쉴 수 있으려면 평소에 자신이 맡은 바를 최선을 다해야만 하지. 다들 알겠지만, 미용실에 근무하는 사람 중에는 게을러서 또는 일하기 싫어서 틈 만나면 관두는 사람들도 많이 있어. 그런 유형의 사람은 누가 보기에도 모든 게 핑계로만 보이게 돼. 출근하기 전날 술을 마시고 항상 지각한다거나, 출근만 하면 몸이 아프다고 하는 행동을 자주 하다 보면 정작 정말 힘들거나 아플 때 쉴 수가 없어. 양치기 소년이 돼버리는 거야. 그런 패턴의 행동에서 벗어나려면 직장 안에 있어서 목표를 세워보는 것을 추천해.

아직 인턴의 위치라면 파마 롯드 마는 시간을 단축시키거나 디자이너 선생님들의 드라이를 해 드리면서 만족시키는 목표를 세운 다던지, 디자이너라면 매달의 목표 매출을 조금씩 늘려가 보는 걸 추천하고 싶어. 목표 매출을 세워서 한 달 동안 매출을 채워나가게 되면 일하는 날마다의 달성해야 하는 목표액이 계산될 거야. 그런 다음에 하루의 매출액을 달성하기 위해 어떤 노력이든 하게 되는데, 그러다 보면 근무태도에 더 신경을 쓰게 되고, 우리에게 지갑을 여는 고객에게는 더 집중하게 되면서 근무의 질이 높아질 수밖에 없어.

혼자서 일하는 사람이라도 꼭 자신만의 목표액을 세워서 실행해 봐. 매출을 올릴 때도, 일태기에서 벗어날 때도 정말 좋거든. 목표액을 달성하지 못하면 실망하지 말고 다음 달에 한

번 더 도전해 보는 거야. 언니는 그달에 목표 매출을 달성하지 못해도 그다음 달에는 목표금액을 조금 더 늘린 금액을 쓰곤 했어. 계속 같은 금액을 실패한다고 느껴버리면, 포기하고 싶어 질까 봐 실행해 본 언니만의 방법이야. 목표가 커질수록, 어느 새 실패한 금액이 지난달 매출보다 높아져 있는 신기함을 발견 하게 되는 날이 온다고 확신해. 언니가 그랬으니까.

사람은 목표가 있으면 행동하게 되고, 행동하면 성장을 하 게 돼. 성장은 말할 수 없는 기쁨을 느끼게 해주니까 너희도 한번 해보면 좋겠어.

제5장 유리 멘탈이 되기 쉬운 직업, 헤어디자이너

4

1인 미용실 원장의 빌런, 번아웃

2023년 2월쯤 언니에겐 인생의 제일 힘든 날들이 있었어. 일은 물론이고 잠자고 일어나고 씻고 밥 먹는 그 무엇도 하기 싫은 무기력증이 찾아왔어. 어느 순간부터 기계처럼 일을 하는 나를 발견했지. 모든 것에 무관심해지고 무기력하면서 무엇에도 흥미가 생기지 않았어. 고객들과의 대화도 줄어들고 머리만 보면서 묵묵히 일만 하는 언니의 모습이 보였지. 언니는 정말 미용을 좋아했어. 공부가 끝이 없는 것도 좋고 계속 발전해 나가기에 너무나도 좋은 직업이라 생각하면서, 10년 넘게 해 온 미용 생활이 단 한 번도 질린 적은 없었어. 고객들과 대화하면서 만족시켜 주는 이 직업을 너무나 사랑하던 나에게 무기력증이 찾아오자, 더 충격이 컸고 정말 아무것도 할 수가 없었지.

번 아웃이 온 적이 없었기 때문에 처음엔 그냥 우울증인 줄만 알았어. 그러다가 정도가 심각해지는 것 같아서 네이버에 '무기력증'을 검색해 보니 곧바로 '번 아웃'이라는 단어가 뜨는 걸 보고 그때야 알았지. 나에게 번 아웃이라는 게 와 버렸구나 생각했어. 처음에는 번 아웃을 이겨낼 생각도 못 할 정도로 심했어. 정말 아무것도 하기 싫었거든. 그러다가 점점 언니 미용실에 타격이 생길 거 같다는 위협적인 생각이 들기 시작했어. 그때부터 아주 조금씩 이겨내 보려고 노력했었던 것 같아. 번 아웃을 이겨낼 방법을 검색도 해보고 친한 지인들을 만나서 이야기도 많이 나누고 했는데, 친구가 '너 요즘 의욕이 아예 없네'라고 말했던 적도 있어. 나 자신에게도 아무런 관심이 없었던 건 물론이고 주변의 그 누구에게도 신경을 쓰기가 싫었거든. 세상이 어떻게 돌아가던지 신경을 아예 끄고 사는 기분이었어. 나 혼자 세상 밖에 있는 기분이랄까.

그게 몇 개월 지속되고 있는 동안에도 출근은 할 수밖에 없었어. 일을 더 열심히 하면 이겨낼 수 있지 않을까 해서, 예약을 더 많이 잡아보기도 했는데 아무 소용이 없었지. 그때는 그냥 이유 없이 너무 힘들기만 했어. '왜 이런 게 나에게 왔을까?'라는 생각도 안 했었는데, 지금 생각해 보면 오픈하고 나서 목표로 잡은 순수익 매출을 달성한 뒤에, 더 이상 세워두었던 간절한 목표가 없었기 때문이었던 거 같아. 번 아웃은 바쁘게 일하는 사람들에게는 안 온다고 하지만, 꼭 그렇지만은 않은 것 같았어. 뚜렷한 목표가 있으면서 바쁘게 일하는 사람들에게는 오지 않겠지만 언니처럼 하나의 단기목표만을 세워놓고 이루고 나면, 더 이상 발전할 것이 없다고 생각하고 단정 지어버리는 순간, 번 아웃이 오는 것 같아.

번 아웃의 사전적 의미는 '어떠한 활동이 끝난 후 심신이 지친 상태. 과도한 훈련에 의하거나 경기가 원하는 대로 풀리지 않아 쌓인 스트레스를 해결하지 못하여 심리적, 생리적으로 지친 상태이다. 한 가지 일에 몰두하던 사람이 정신적 육체적으로 극도의 피로를 느끼고 이로 인해 무기력증, 자기혐오, 직무거부 등에 빠지는 증상을 말한다. 연소 증후군, 혹은 탈진 증후군 등으로도 불리고 있다'라는 의미가 있어. 한 가지 일에 몰두하다가 끝나고 나면 허무해지고 무기력해지는 경우야.

번 아웃이 왔을 때는 주변의 가까운 사람들과 대화를 자주 하고 억지로 벗어나려 하기보다는 천천히 이겨내는 게 좋은 거 같아. 언니는 번 아웃이 왔을 때 책을 읽거나 명상을 했던 게 도움이 많이 되었었어. 가족들이 모두 잠든 조용한 새벽 시간에 명상에 관한 도서를 한 권 펼쳐놓고, 적혀있는 대로 명상을 했는데 도움이 많이 되었지. 속으로는 간절하게 벗어나고 싶었던 걸지도 모르겠어. 유튜브에 있는 명상음악 영상이나 롤모델인 켈리 회장님의 시각화 영상을 자주 틀어놓았지. 잠들기 전이나, 쉴 때도 꾸준히 들어왔어.

하지만 그걸로는 부족해서 새로운 것들을 배우기 시작했어. 평소에 관심 있던 부동산강의, 온라인 수익화 강의, 블로그 강의 등 일주일에 3, 4개씩 듣기 시작하면서 새로운 목표들이 생겨났고 중장기목표가 단단하게 자리가 잡혔어. 일주일 내내 강의 속에 파묻혀서 살다 보니 자연스럽게 번 아웃에서 벗어날 수 있었지. 번 아웃을 한번 겪어보니 정말 무서운 증상이라는 걸 알게 되었어. 너희들도 미용에만 미쳐서 일하다가 어느 순간 번 아웃이 와있거나, 한참 뒤에 겪게 되더라도 천천히 이겨내야 해. 지금의 언니는 번 아웃을 느낄 새도 없이 바쁜 하루들을 보내고 있어. 언니가 생각하는 제일 확실한 방법은 간절히 원하는 목표들을 중장기목표까지, 즉 10년 20년 뒤의 목표까지 정해놓고 그에 맞는 단기목표를 세우는 걸 추천하고 싶어. 우리 직업은 매출을 중심으로 목표를 정하는 것도 좋은 것 같고. 언니는 2024년 목표를 '연 매출 2억 달성'으로 잡고 달려 나가는 중이야. 못 이뤄도 남들보다 꿈이 크면 절반만 이뤄내도 성공이라 생각해. 성장하지 않고 있을 때 사람은 우울해지는 거 같아. 매일 똑같은 하루를 보내면서 지루해하고 있진 않아? 미래에 하고 싶은 일이나 이뤄내고 싶은 목표를 정해서, 꾸준히 달려가다 보면 언니처럼 어느샌가 번 아웃은 사라지고 없을 거야. 오늘도 모든 미용인을 응원할게.

5

최대한 빨리, 많은 실패를 하자

　'최대한 빨리, 많은 실패를 해라'는 말은 언니의 롤 모델인 켈리 최 회장님께서 자주 말씀해 주시는 거야. 두려워하지 말고 조금이라도 빨리 실패해 보고 성공으로 가는 과정을 즐기는 법도 알아야 한다고 말씀 해주신 기억도 나고. 뷰티 직종은 원하는 목표 매출의 실패가 될 수도 있고, 사업을 시작한 뒤 실패하게 될 수도 있어. 겪어보지 않은 일을 두려워하는 건 모든 사람의 본능이야. 언니 또한 그렇거든. 글에서 '실패'라는 단어를 보기만 해도 부정적인 감정이 튀어나오게 되지. 그렇지만 언니는 너희가 실패라는 단어에 익숙해질 필요가 있다고 생각하는 편이야. 나도 적고 있는 지금, 이 순간까지도 '실패'라는 단어를 보면 두려운 면이 무의식에서 튀어 오르긴 하거든. 그 감정을 떨쳐내고 무던해지는 연습을 하다 보면, 실제로 실패라는 단어가 우리의 인생 한 부분에 와도 금방 일어날 수 있을 거야. 실제로 언니는 나이에 비해 많고 작은 실패들을 경험했어.

누군가에겐 실패가 아닌 그저 그런 인생일 수도 있지만, 서른이 되기 전까지는 항상 마이너스 인생을 살아왔어. 쉴 틈 없이 일하고 근육이 찢어지도록 일을 해도, 수중에 남는 돈 하나 없이 마이너스나 0이었어. 10년 동안 타지에 살면서 그렇게 지내다 보니, 지금 운영하는 매장이 저조한 매출을 찍어도 크게 흔들리지 않아. 나가는 돈을 많이 줄였거든. 나가서 살 때는 숨만 쉬어도 나가는 게 돈이었는데, 부모님 곁으로 돌아와서 처음으로 저축이라는 걸 시작했어. 성인이 된 후 10년 동안 돈을 모으고 싶다는 생각조차 들지 않을 정도로, 숨 막히게 살아왔는데 저축을 시작하니 모으는 일이 너무 쉽더라고. 버는 돈을 70~80% 이상 저축하고 있어. 얼마를 벌든 저축액은 정해져 있으니, 적게 버는 달은 언니가 쓰는 돈을 줄이고 저축은 그대로 하려고 노력 중이야. 남들보다 저축하는 습관이 늦게 잡힌 만큼 열심히 모으는 중이지. 모으기만 하는 건 또 늦은 거 같아서 재테크 공부도 꾸준히 하고 있어. 그쪽 분야로 전문가가 되려면 아직 멀었지만, 미용과 같이 10년 이상 꾸준히 할 생각이야. 언니는 항상 무언가를 할 때, 실패하거나 제일 좋지 않은 상황이 무엇인지 확인을 한 뒤에 행동하는 습관이 있어. 언니가 선택한 일에 있어서 실패가 뭔지, 어느 정도 가늠을 해놓아야 혹여나 실패하더라도 감당할 수 있기 때문이야.

누군가는 나에게 왜 일어나지도 않은 일은 걱정하냐는데, 걱정처럼 보일 수도 있겠지만, 내 선택은 나 자신을 믿고 한 행동에 있어서 그에 맞는 책임을 나 스스로 끝까지 지고 싶기 때문이야. 미리 실패를 생각하고 무언가를 결정하면 조금이라도 실수를 줄이기 위해 과정에서 더 노력하는 편이거든. 실패가 두려운 친구들은 내 방법을 한번 따라 해봐. 근데 혹시 실패를 먼저 생각하고 두려움에 행동을 안 하는 친구는 추천하지 않아. 언니는 실패를 생각해도 해야겠다고 마음먹은 건 그대로 실행하거든. 더 잘하면 되는 거니까. 이미 예상했던 안 좋은 상황이 일어나면 생각보다 마음이 덤덤해져.

'중꺾마', '중꺾그마' 라는 말을 들어보았어? '중요한 건 꺾여도 그냥 하는 마음이다'라는 줄임말이야. 긴 인생의 여정 중에 잠깐의 실패로 인해 꺾일 때마다 좌절할 수 없잖아. 강호동 님이 TV에서 '인생은 성공으로 가는 과정이 존재할 뿐이다'라고 말하는 걸 보았는데 정말 공감이 많이 되었어. 어차피 실패를 맛보게 되더라도 다시 일어서야 하는 게 우리의 인생이니, 그 잠깐의 괴로운 마음을 최대한 빨리 벗어나는 게 좋아.

언니가 실행해 본 또 다른 방법으로는, 마음이 힘들 때마다 보기 위한 미래의 나에게 편지를 적어 놓았어. 힘든 일이 생길 때 읽어보면 다시 일어설 방법으로, 켈리 회장님께서 추천해 주신 방법이야. 다행히도 지금까지는 딱 한 번 꺼내 읽었었어. 최대한 빨리, 많은 실패를 해보는 것이 좋지만 그때마다 유리멘탈을 가진 친구들은 무너지기 쉬우니 언니처럼 단단해지는 방안들을 미리 계획해 놓는 것도 좋은 방법이야. 어차피 한 번 사는 인생. 알차고 즐겁게, 주어진 거에 감사하는 삶을 살다 보면, 남들과 비교하는 인생이 아닌 나만의 행복한 인생을 만들어 나갈 수 있지 않을까 하는 마음이야.

6

워라밸, 쉴 때는 확실하게 쉬기

다들 휴식을 취할 때 어떠한 행동을 취하고 있어? 핸드폰을 볼 수도 있고 책을 읽을 수도 있고, TV 시청할 수도 있겠지. 나는 정말 쉬어야겠다 싶을 때는 아무 생각도 없이 멍하니 누워만 있어. 평소에 책을 많이 읽고 일할 때는 다양한 약품들에 노출이 되기 쉬운 직업이다 보니, 먼 곳을 응시하거나 편한 자세로 눈을 감고 명상음악을 듣곤 하지. 예전에 쉴 때는 SNS를 보거나 유튜브 영상을 보곤 했는데, 눈이 너무 피로해지는 느낌을 받아서 지금은 멍을 때리거나 스트레칭 또는 명상을 시작하고 있어. 인간의 뇌는 1초에 수십, 수만 가지 생각이 떠오른다고 하더라고. 그 생각들을 잠깐 내려놓기 위해서 명상음악에 집중하다 보면, 어느샌가 아무 생각이 안들고 머릿속이 깔끔하게 비워지는 느낌을 받을 수 있어. 요즘은 명상할 수 있는 핸드폰 앱도 잘 나와 있고 유튜브에도 명상음악이 많아. 틀어놓고 핸드폰은 최대한 떨어뜨려 놓은 뒤, 침대 위에 편한 자세로 누워도 좋고 앉아서 들어도 효과가 좋아.

언니는 주로 저녁 8시~9시부터 새벽 2시~3시까지 매일 5시간 정도는 나만의 시간을 가지면서 퇴근 후에 2번째 일을 하는 편이야. 나 자신에게 집중하는 시간을 충분히 확보해 놓는 편이지. 쭉 똑같이 책상에 앉아서 하면 눈이 너무 피로하니, 1시간 집중한 뒤에 10분씩 쉬어주고 다시 독서하거나 글을 적고 있어. 자신만의 휴식 방법이 있겠지만 쉴 때는 일과 관련 있는 것을 하지 않는 것이 뇌를 충분히 쉬게 하는 행동이라 해. 적당한 휴식을 취해 주어야 일을 할 때 능률을 최대치로 사용할 수 있는 것 같아. 가끔 쉬는 방법을 몰라서, 쉬지 않고 달리는 사람들이 있어. 사실 언니도 그 사람들 중 한 명이었지. 지금은 쉬고 싶거나 아무것도 하기 싫을 때는 푹 쉬어버려. 그렇게 하니까 일하는 능률이 높아져서 더 좋은 결과를 안겨다 주곤 하더라고. 너희들도 각자마다의 쉬는 방법과 규칙적인 시간을 정해서 실천해 보도록 해봐. 언니가 추천하는 휴식의 기준은 전자기기와 최대한 멀리 떨어진 상태에서 쉬는 방법이야. 때로는 짧게 30분 정도 낮잠을 자는 것도 추천해.

유명한 실험 결과에 따르면, 낮잠은 너무 길면 좋지 않고 30분 정도가 딱 적당하다고 하더라고. 1시간 이상 낮잠을 자버리면 더 피로가 쌓이거나 다음 일을 할 때 지장이 생길 수 있어. 나태해지기 쉬운 것 같아. 나태함과 휴식은 엄연히 다르거든. 나태해지기 전의 선까지만 우리의 뇌를 충분히 쉬게 한 후 일을 재개해 봐. 맑아진 기분을 느낄 수 있을 거야.

7

커뮤니티 속에서 성장하기

　1인 미용실은 혼자서 모든 것을 헤쳐 나가야 하는 건 이제 잘 알겠지? 언니도 하루 종일 혼자 있다 보니 사람들 사이에서 함께 의지하면서 발전해 나가던 때가 가끔 그리운 날이 있어. 그렇지만 너희의 성향을 파악한 뒤 결정을 내린 1인 미용실 창업이었다면, 같은 상황에 놓인 사람들끼리 커뮤니티 속에서 함께 성장하면 되니까 걱정하지 마. 언니는 지금 1인 뷰티샵 원장님들만 모여있는 커뮤니티를 운영하고 있어. 그 안에서 우리끼리만 통하는 미용 이야기, 일하면서 힘든 점, 약제 공유, 1

인 뷰티샵 창업 과정 컨설팅, 온라인 마케팅, 매출 증진 방법, 진상 고객 응대 방법, 신규 고객 유입하는 방법, 재방문율 높이는 방법 등 유익한 정보들을 교환하고 공유하는 커뮤니티지. 따로 홍보를 많이 못 하는 상황일 때도 한 분씩 천천히 늘어나고 있어.

너희도 1인 미용실을 운영하다가 외롭거나 혼자서 해결 못할 상황인데, 주위에 물어볼 사람이 없을 때 언제든지 들어와도 좋아. 비슷한 상황에 있는 사람들끼리 모여있다는 것만으로도 큰 힘이 될 거야. 사람은 혼자일 때보다 함께할 때 더 큰 시너지효과가 나타나거든. 혼자여서 두려웠던 일을 함께한다면, 해낼 수 있고 같이 발전할 수 있는 동지들이 있다는 소속감은, 사람의 심리를 안정감 있게 만들어 주는 것 같아.

언니 또한 다른 커뮤니티에 속해 있어. 부동산 경매를 중심으로 여러 강의를 꾸준히 듣고 있는 커뮤니티지. 미용을 주로 다루는 커뮤니티는 아니지만 다른 분들과 같이 성장하는 기쁨, 서로 축하해 주고 격려해 주며 더 나은 발전을 위해 이끌어 가주는 분들이 있다는 건, 굉장히 심리적으로 좋은 영향을 받게 되는 것 같아. 나날이 성장하고 있는 나를 볼 때마다 하루하루에 감사함을 느끼는 중이야. 미용이란 직업은 정신적, 신체적으로 둘 다 힘든 직업 중 하나잖아. 신체적인 고통은 일하면서 예약을 조율하거나 운동을 해서 체력을 기르며 개선할 수 있는 문제지만, 정신적으로 많이 지쳐버리면 쉽게 제자리로 돌아올 수 없는 것 같아. 그렇기 때문에 언니는 정서적 안정, 즉 멘탈 관리에 더 신경을 많이 쓰는 편이야.

너희들은 어떠한 커뮤니티에 속해 있어? 1인 미용실을 운영하면서 어떤 점이 힘들어? 아마 다들 비슷한 대답할 수도 있을 것 같아. 외롭지 않도록 자신이 속할 커뮤니티를 찾아가는 과정도, 사업을 하며 매장을 운영하는 데 있어서 큰 도움이 될 거로 생각해. 커뮤니티를 찾는 방법은 네이버 카페를 이용할 수도 있고 SNS에서 큰 플랫폼에 속해 있는 사람을 통해 들어갈 수도 있어. 1인 사업가 커뮤니티에 들어가도 좋고 언니처럼 재테크 커뮤니티에 들어가도 좋아.

언니가 속해 있는 또 다른 커뮤니티는 멘탈 관리와 성공하는 습관을 몸과 정신에 장착하기 위해 '웰씽킹'이라는 커뮤니티에 속해 있어. 유럽에서 큰 프랜차이즈 회사 '켈리델리' CEO이신 켈리 최 회장님이 운영하는 커뮤니티이지. '웰씽커' 라는 단어를 들어본 적 있는 친구 있어? 웰씽킹은 'wealth(부) + thinking(생각)'의 합성어이며 부를 창조하는 생각의 뿌리라는 의미로, 웰씽킹을 실천하고 있는 사람을 '웰씽커'라고 부르고 있어. 언니의 인생 도서 켈리 최 저자의 '웰씽킹'에는 1,000명의 부자의 공통된 부자 방식을 배우고 부의 생각을 체득할 수 있게 도와주고 계셔. 켈리 최 회장님은 한국의 젊은 세대들과 끊임없이 소통하려 노력하는 분이시며, 성공의 길을 알려주고 격려하면서 인생의 여러 어려움에 부딪힐 때, 단단하게 이겨나가는 방법을 유튜브와 강연을 통해 알려주고 계시지. 3년째 속해 있는데 매년 11~12월마다 오프라인 강연에 참석 중이야. 전 세계에 있는 긍정적인 생각으로 가득한 분들을 만나고 오면 마음 깊숙한 부분에서 긍정이 마구 솟아오르는 기분이야. 자신에게 끊임없이 작은 자극들을 주면 나태해지지 않고 앞으로 나아갈 방향이 잡히게 되어있어.

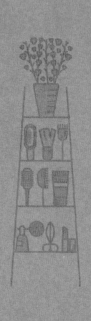

제6장

100일, 습관을
만들 수 있는 시간

1

결단과 선언, 목표설정

성공하기 위한 첫 발걸음이 바로 결단과 선언, 목표설정이라고 생각해. 언니는 평소 한 달에 4~5권 정도의 책을 읽는데 독서를 시작한 지 2년 동안은 자기 계발에 관련된 도서들만 읽었어. 100권 가까이 읽은 결과 공통적인 단어 중에 제일 기억에 남는 단어들이야. 켈리 최 회장님 또한 강력하게 추천하시는 것이 결단과 선언, 그리고 목표설정이지. 우선 자신만의 목표를 정한 뒤에 주변 사람들에게 선언하는 과정이야. 가족들이나 친구들에게 먼저 하고 나서 SNS에도 선언하는 것이지. 주변 사람들에게 말하기 꺼려진다면 SNS에만 선언해도 괜찮아. 선언하는 것에는 큰 힘이 있어.

언니는 어렸을 때부터 근거 없는 자신감으로 말만 잘한다는 소리를 참 많이 들었어. 우리 부모님에게. 언니가 이루고 싶은 큰 꿈이 생기면, 당장은 못 이뤄도 언젠간 이룰 수 있다고 굳게 믿고 말부터 꺼내는 편이었어. 그것만은 나이를 먹어도 변함이 없는 것 같아. 어렸을 때는 정말 이뤄나가는 방법조차 몰랐지만, 지금은 목표로 가는 방법 정도는 알 수 있을 만큼 성장했어. 일단 무작정 선언하게 되면 목표로 도달하기 위해 어떤 노력이든 하게 되는 거 같아. 여기서 언니가 중요하게 생각하는 건 가까운 사람들의 눈치를 보지 않는 것이야. 사람들은 자신이 하지 않는 무언가를, 남이 한다고 말하면 부정적인 단어만 이야기하게 된다고 하더라고. 무의식에 위협을 느끼는 거지. 자신은 제자리에 있는데 옆에서 성장하는 사람의 말을 들으면, 초라하게 느껴지는 찰나를 그 사람에게 들키고 싶지 않다는 사람의 심리라고 해. 그러니 목표가 생기면 너희에게 부정적인 단어를 자주 사용하는 사람에게는 말하지 않는 게 좋아. 생각보다 우리의 주변에 '넌 잘될 거야. 잘하고 있어. 뭐든지 잘할 거야. 힘내.'라는 말들을 해주는 사람이 많지 않은 것 같아.

사실 남에게 좋은 말을 듣기 위해서 하는 게 아닌, 나를 위한 행동들이고 목표이기 때문에 남의 말에 흔들려서는 안 된다는 생각이 들어. 목표는 어떠한 것이든 상관없어. 나의 5~10년 뒤의 모습을 상상하고 그때의 내가 어떤 모습을 하고 있는지, 누구와 같이 있는지를 먼저 생각해 보면 목표가 쉽게 잡힐 수 있어. 예를 들어, 저는 5년 뒤 수도권 안에서 뷰티 사업과 도서 작가로 한 달에 1억 버는 사람이 되고 싶습니다. 또한 부동산 경매로 차근차근 공부하며 10년 안에 건물을 낙찰받아서 한 달에 월세 300 이상 받는 건물주가 되고 싶습니다. 이건 언니의 실제 꿈이자 목표인데 매일 목표를 이룬 나의 모습을 상상하고 종착지로 가기 위한 계획을 세운 뒤, 작은 것들을 하나씩 실천하는 것이지. 그중, 한 가지인 지금 출판사와 계약을 이뤄내고 책을 적고 있잖아. 언니처럼 거창한 목표가 아니어도 돼. 누군가는 내 집 마련이 될 수도 있고 꿈꾸던 이상형과의 결혼이 될 수도 있어. 평범한 가정을 이루고 평범한 직장을 다니는 것도 될 수 있겠지. 이런 사소한 것들도 자신만의 목표라 말할 수 있어. 한 가지를 먼저 정하고 이루어질 때까지 그에 맞는 노력을 시도해 보길 바라. 원하는 것을 향해 달려가 본 사람과 아닌 사람의 차이는 엄청나.

성공하는 데 있어서 '끈기'가 정말 중요한 요소인데, 언니는 끈기가 조금 부족한 편이야. 그래서 책상 앞에 목표들을 적어놓거나 직장 제 공간에 적어놓은 상태로, 그걸 매일 보고 읽고 행복한 기분을 만끽하고 있어. 책을 쓰고 있다 해서 언니가 대단해 보일 수도 있고 아닐 수도 있지만, 나는 정말 평범한 미용실 원장이며 책 한 권을 읽다가 금방 집중력이 흐트러져서 여러 권을 동시에 읽을 정도로 끈기가 약한 사람이야. 그 대신, 끝까지 그 책을 읽어. 오래 걸리더라도. 나는 끈기보다는 집착 쪽에 더 가까운 것 같아. 한 번 하려고 마음먹은 것은 남들의 눈치 보지 않고 나만의 속도로 천천히 끝까지 하는 편이지. 뱃속부터 끓어오르는 만큼 원하는 것이 있어? 언니는 정말 성공해서 남들을 행복하게 해주고 싶어. 나만 행복한 게 아닌 힘들고 어려운 사람, 내가 사랑하는 사람들을 도와서 행복하게 해주고 싶거든. 언니도 힘들 때가 많지만 나보다 좋지 않은 여건속에서, 잘 살고 싶어도 못 사는 그런 분들을 돕고 싶어. 이렇게 또 나는 이 책을 통해서 선언하고 있는 거야. 너희들도 결단과 선언, 그리고 목표설정을 실행해 보길 바라. 꼭 좋은 결과를 안겨다 줄 거거든. 지금은 힘들어도 결국엔 다 잘될 거야. 난 너희를 믿어.

1인 뷰티샵 원장 1년 만에 순수익 6000만 원 올리기 프로젝트

2

믿는 대로 이루어진다

언니는 '믿는 대로 이루어진다.'라는 말을 정말 좋아해. 나는 어릴 때부터 꿈이 커왔던 만큼 인생 전체를 계획하는 걸 즐겼어. 공책에 나이별로 어떤 것들을 이뤄낼지 정하는 거였지. 20살 때는 책을 읽다가 좋은 글귀가 있으면 공책에 적으면서 인생에 대한 앞으로의 목표를 같이 세우곤 했어. 20~23세까지는 미용으로 어디까지 발전해 나갈 건지, 디자이너로 언제 승급하고 싶은지, 나의 미용실 오픈은 언제쯤 할지 등 이런 것들을 큰 단위로 잡아 놓은 적이 있었어. 적어 놓았다는 사실을

까맣게 잊어버리고 10년쯤 지났을 때, 집에서 우연히 언니가 좋아하는 캐릭터 공책을 쓰고 싶어서 꺼내어 펼쳐본 적이 있어. 그런데 20살에 세웠던 큰 꿈의 계획들이 지금의 나이까지, 적어 놓았던 대로 다 이루어져 있었던 거야. 놀랍지 않아? 이게 우연일까? 언니는 절대 우연이라고 생각하지 않았어. 나의 무의식 속에 자리 잡고 있던 그 목표들이, 언니가 힘들 때마다 튀어 오르면서 견뎌낼 수 있게 만들어 준 것 같아.

항상 그 당시에 말도 안 되는 큰 꿈을 생각해 왔어. 이렇게 된 계기가 있었지. 대학생 때 담당 교수님이, 수업 시간 때마다 꼴등을 하던 언니에게 '꿈을 남들보다 크게 가져라. 크게 가져야 절반을 이루었을 때도 남들보다 한발 앞서 나갈 수 있다.'라고 말씀해 주셨던 게, 아직도 무의식 속에 자리 잡고 있었기 때문이라 생각해. 그때의 상황과 교수님 표정까지 생생하게 기억이 나거든. 꼴등만 하던 학생에게 해주기 힘든 말씀이었는데 정말 감사한 한마디였어. 그 짧은 말 한마디가 지금까지 오게 해 준 큰 힘이 아니었나 싶다.

그 공책을 확인한 뒤로는 더 열심히 살게 되었어. 그때 세워

두었던 목표에서 단기목표들만 조금씩 추가해서 새로 계획을 잡았지. 지금도 역시나 어떻게 이룰지 당장은 막막한 계획들이야. 너희들도 일단 계획을 세워봐. 그 목표로 가는 길을 지금 당장은 모르더라도, 세워놓고 나의 잠재의식에 저장해놓으면 그 목표로 가기 위해 하루하루를 열심히 살게 되거든.

켈리 최 회장님이 하시는 말씀 중에, 잠재의식은 의식보다 3만 배 강력한 힘이 있다고 하셨어. 꿈을 현실로 만드는 데에 있어서 10%는 의식이, 90%는 무의식이 당신을 위해 당신의 꿈을 위해 일을 한다고 했거든. 성공한 사람들은 모두 잠재의식의 중요성을 잘 이해하고, 이것을 잘 활용한다고 해. 언니 나이 20살 때의 머릿속에는 의식이나 무의식의 개념이 없었지만, 교수님의 조언 한마디에 눈이 번쩍 뜨이면서 운 좋게 무의식을 활용했던 것 같아. 지금은 잠재의식의 중요성을 너무나도 잘 알기에, 매일 훈련을 하고 있어. 나는 성공한 사람이 되고 싶은 마음이 크기 때문에, 실제로 성공한 사람들이 하는 좋은 습관들을 하나씩 따라 하는 중이야. 너희들은 인생의 롤 모델이 있어? 커뮤니티처럼 롤 모델로 삼고 싶은 사람을 찾는 것도, 멘탈 관리 할 때 도움이 많이 되는 것 같아서 추천하고 싶어.

언니는 우울해질 때 재빨리 긍정적인 생각으로 돌아오려고 하는 편인데, 나도 사람인지라 돌아가는 게 힘들 때가 있어. 그럴 때는 산책을 하거나, 다시 유튜브에 들어가서 명상하는 영상을 돌려보기도 하고 책을 읽기도 해. 그러다 너무 길게 우울해지면, 동기부여 하는 건 다 내려두고 마음이 따뜻해지면서 위로받을 수 있는 책을 펴서 읽어. 독서를 좋아해서 많은 책을 사는 편인데, 기분에 따라 책을 골라서 읽는 경우가 많거든. 많은 책을 읽다 보니 언니만의 노하우가 생겼어. 평소에는 관심 있는 마케팅 도서나 동기부여, 부동산 관련 도서, 성공한 부자들의 책들을 많이 읽다가 현타가 가끔 세게 온 날이면, 스님분들이 쓰신 책이나 제목이 부드러운 책들 위주로 읽어. 마음에 힐링이 되면서 기분이 좋아지고 다시 한번 버텨 낼 힘이 생기지. 가끔은 우리의 정신도 부드럽게 관리 해주는 날이 필요한 것 같아. 물론 독서를 좋아하지 않는 친구들은 각자만의 방법도 좋아.

미용하는 사람들은 정신적으로 많은 상처를 입기도 하고, 사업을 하다 보면 멘탈이 흔들리는 날이 많이 생기게 되는 거 같아. 겉으로 보이는 성장도 중요하지만, 우리가 제일 신경 써야 할 것이 바로 정신, 멘탈이야.

'믿는 대로, 생각하는 대로 이루어진다.'라는 말을 머릿속에 새겨놓고 앞으로 너희들이 이뤄내고 싶은 큰 목표들을 적어봐. 당장 이룰 수 없는 목표여도 좋으니까. 10년 뒤의 중장기목표를 정한 뒤에는 연 단위, 월 단위, 하루의 목표까지 점점 좁혀서 목표를 세우기 시작하면 쉬울 거야. 너희의 미래를 진심으로 응원할게.

3

부와 성공을 부르는 100일 습관

너희들은 100일이라는 시간 동안 하루도 빠짐없이 꾸준히 해본 게 있는지 궁금하다. 100일이라는 시간은 생각보다 짧지 않아. 처음엔 짧은 시간이라고 생각해 왔는데 언니가 끈기를 키우기 위해서, 끈기 프로젝트라는 프로그램에 참여해서 100일 동안 커뮤니티 사람들과 책도 읽고 목표를 100번씩 적어보기도 하고, 운동하는 것까지 해본 적이 있어. 그때 너무 시간이 안 가더라. 100일이라는 시간을 얕잡아 본 것 같아. 언니는 스스로 끈기가 부족하다는 걸 알기에 작심삼일이어도, 4일째에 다시 시작하고 포기하고를 반복했어. 늦어도 꼭 끝까지 해냈어. 혼자 하면 의지가 약해질 수 있는데 다 같이 하면 어떻게든 하게 되거든. 너희에게도 100일이라는 시간 동안 한 가지에 몰두해 보는 걸 강력하게 추천하고 싶어. 중간에 포기해도 괜찮아. 다시 이어서 시작하면 되니까.

언니가 직접 해보니까, 100일을 완벽하게 성공하는 사람은 정말 극소수였어. 인간은 3일쯤이면 나태해지기 마련이기 때문이야. 언니처럼 다른 사람들보다 잦은 포기를 하더라도, 끝까지 성공했을 때의 그 쾌감은 이루 말할 수 없어. 한 가지씩 성공할수록 자신감도 높아지고 실패에 대한 두려움도 옅어져 가며, 나 스스로에 대한 확신이 생겨나거든. 정말 신기하게도. '100일 아침 습관의 기적'이라는 책에서는 100일간의 힘든 노력 끝에 성공했다면 나 자신에게 보상하는 과정을 꼭 잊지 않아야 한다고 당부하고 있어. 보상의 단계까지가 습관을 완성하는 최종 지점이기 때문이야. 보상을 먼저 정해놓고 100일간의 피나는 노력을 해보라고 추천하고 있어.

사람의 습관이 형성되기 위해서는 적어도 3주는 같은 일을 반복해야 한 대. 너희도 지속해 나가고 싶은 습관이 있다면 적어도 3주 정도 먼저 실천해 보고, 100일까지도 도전해 봐. 언니는 목표 100번 쓰기를 1년 넘게 하는 중이야. 중간에 쉴 때도 있지만, 잠재의식을 200% 활용하고 싶어서 꾸준히 하려고 노력해. 습관을 만드는 건, 돈을 하루에 1,000원씩 모으는 걸 할 수도 있고 아침 일찍 일어나기 또는 아침밥 챙겨 먹기, 하루에 10분씩 걷기와 같이 당장 가볍게 할 수 있는 것을 먼저 시작하면 돼. 각자마다 습관 들이고 싶은 게 다를 거야. 이렇게 하루에 하나씩, 너희에게 도움이 되는 작은 행동들이 모여서 크고 멋진 결과를 안겨다 주게 될 거야.

4

내 안의 무한능력 꺼내기
(한계를 두지 말자)

이 챕터는 너희들의 생각을 바꿔주고 싶어서 정하게 되었어. 주변을 보면 습관적으로 부정적인 단어를 먼저 뱉는 사람들이 있어. '나는 못 할 거야' '나는 안 될 거야' '저 사람이니까 가능했겠지'와 같은 생각하는 친구들 있지? 그런 생각이 자주 드는 사람은 자신의 머릿속을 당장 바꿔야 해. 작은 습관 하나하나가 너희 미래를 움직인다고 앞에 이야기했었지? 제일 첫 번째로 바꿔야 할 것이 바로 생각이야. 이 신념 체계를 바꾸는 방법이 있어. 우리의 믿음이 모든 생각과 감정을 만들어

내거든. 제일 먼저 너희 스스로 자신을 믿어야 해. 불가능이라는 단어를 머릿속에서 없애야 하지. 하루를 시작하는 아침마다 긍정 확언을 외쳐봐. 확언이라는 단어가 너무 거창한 것 같으면 눈을 뜨자마자 앉아서 '나는 할 수 있다'라고 외쳐. 일종의 자기 암시 같은 거야. 언니가 무의식은 의식보다 3만 배 강력한 파워가 있다고 말해줬지? 그 무의식을 활용하기 위한 방법이야.

언니는 1년 넘게 아침마다 유튜브를 틀고 긍정 확언을 외치는데, 그 효과가 어마 무시해. 안 해본 사람은 절대 모르니, 꼭! 꼭 해봤으면 좋겠다. 모든 것에 감사하게 되고, 지금 내가 가진 걸로 충분히 행복해지거든. 멘탈이 긍정으로 범벅이 되는 기분이야. 버킷리스트 작성법도 도움이 많이 돼. 이건 정말 나만 알고 싶은 방법인데, 작은 수첩을 침실 옆이나 직장 내 자주 머무는 공간에 두는 거야. 그런 다음에 그 수첩 안을 하루에 원하는 만큼의 버킷리스트를 작성하는 방법이야. 이 방법은 그랜트카돈 저자의 '10배의 법칙'이라는 책에서 배운 방법이지. 생각날 때마다 가까운 곳에 작은 수첩을 놓고 원하는 걸 전부 적는 거야. 언니는 부정적인 감정이 올라올 때 빨리 알아차리고 수첩을 꺼내서 쭉 나열하고 있어. 그냥 터무니없이 큰 야망이나 원하는 집, 원하는 배우자, 원하는 사업 등 인생의 모든 걸 통틀어서 적는 거야. 언니는 하루에 15가지는 기본으로 나오더라고. 적고 나면 실제로 이룬 것처럼 기분이 행복해져.

그랜트 카돈은 가진 게 아무것도 없을 때부터 매일 쓰던 것 중 '내 전용 헬기를 타고 다닌다. 자가 건물 다섯 채 이상을 보유하고 있다.'가 있었대. 당장 그러지 못해도 그냥 이뤘을 때의 기분을 상상하면서 매일 매일 쓴 거야. 현재는 전용 헬기를 타고 다니면서 전 세계에 강연하러 다니시지. 어마어마한 부동산 부자이기도 해. 매일 수첩에 적어 온 것들이 거의 다 이루어져 있다고 말했어. 이렇듯 사람은 한계가 없다고 생각해. 잠재력을 깨워서 실천하는 사람과 그렇지 못한 사람만 존재하는 것 같아. 너희들 안에 있는 무한능력을 꺼내는 연습을 해보는 거야. 오늘도 행복하자.

마음을 잘 다스려야 승리할 수 있다

평소에 생각이 많아서 가끔 머리가 띵 하는 느낌을 받은 경험해 본 사람 있어? 그런 친구가 있다면 환영해 줄게. 언니가 자주 그런 편이라 괜찮은 방법을 잘 알고 있으니, 그대로 적용해 볼 수 있을 거야. 좋은 것이든 좋지 않은 것이든, 생각이라는 건 많이 할수록 우리의 뇌에 과부하가 오게 되어있어. 평범한 하루의 일상을 보내는 건강한 성인들의 경우, 하루에 평균 6,000번 이상의 생각을 하는 것으로 추정된다는 연구 결과가 나오기도 했어. 언니는 매장 오픈을 준비하는 3개월 동안, 내

내 두통을 달고 살았던 적이 있어. 고민도 많고, 결정해야 할 것들이 넘쳐나서 항상 생각이 많았었지. 무언가를 계획하고 의사결정을 하는 '인지 작업'은 머리근육에 긴장을 줘. 물론 오픈하고 나니 통증은 어느 정도 완화되었지만, 긴 시간 동안 두통에 시달린 후로는 생각을 비워내는 방법이 필요해졌어. 점점 생각이 많아지다 보니 잠들 때면, 꿈도 너무 생생하게 꾸고 일어나면 힘들더라고. 언니가 이것 또한 독서를 통해 찾게 된 방법이 있어.

스트레스받거나 신경이 예민해진 느낌이 들 때면, 가능한 편안한 자세를 취한 뒤 눈을 감아봐. 한 손으로는 가슴을 천천히 토닥이면서, 생각이 떠오를 때마다 몸 밖으로 저 멀리 튕겨 낸다고 상상해 보는 거야. 사람은 초 단위로 쉴 새 없이 생각이 튀어나오거든. 가슴을 토닥이면서 입으로 슉, 슉 소리를 내면 더 효과적으로 튕겨내는 느낌을 받을 수 있어. 웃길 수도 있지만 정말이야. 튕겨 내버린다는 생각이 드는 각자의 편한 소리를 내면 돼. 언니는 소리 낼 때마다 고개도 같이 살짝 움직여줄 때가 많아. 그렇게 하면 상상이 더 잘 되고 훨씬 잘 비워지거든. 보통 자기 전에 생각을 비워내는 게 좋아. 하루 종일 생각이 많아서 터질 것 같던 머릿속을, 자기 전에 시원하게 비워 주면 자고 일어났을 때 개운한 느낌을 받게 될 거야. 자기 전에 비워내고, 일어나서 긍정 확언으로 채워주면 하루가 감사하고 행복해져.

창업 준비 중인 친구들이 언니 책을 많이 읽을 텐데, 여기 까지 읽은 친구는 반드시 성공할 거야. 책 한 권을 끝까지 읽은 끈기라면 어떤 일을 해도 잘 해낼 거야. 사업을 시작하고 나면, 처음엔 정말 막막할 거야. 디자이너 때와는 차원이 다르거든. 언니도 만만하게 봤다가 많이 무너져 내렸었어. 너희가 어떻게 해야 할지 모를 때마다 꺼내볼 수 있는 책이 되었으면 좋겠다. 짧은 내용이지만 1인 사업을 할 때 필요한 것들과, 해야 할 것들을 내 경험 위주로 적어놓았으니 많은 도움이 되었으면 좋겠어.

힘든 일이 코 앞까지 들이닥치더라도, 마음이 단단하면 끝까지 헤쳐 나갈 수 있을 거야. 너무 힘들 때, 책을 읽어도 어떻게 해야 할지 모를 때는 언니한테 이메일을 보내도 좋아. 책 읽고 연락했다고 말해주면, 두 팔 벌려 환영해 줄게.

벌써 마지막 챕터가 와서 조금 아쉽다. 언니 경험담이 너희에게 도움이 좀 되었으려나? 난 아무런 정보가 없는 상태에서 사업을 시작했고, '그냥 하면 어떻게든 되겠지'라는 생각이었어. 그래서 코앞으로 다가온 시련들을 피할 곳 없이 정면으로 들이받아 버렸었지. 지금 생각하면 엄청 무식하게 들이댔던 거 같아. 너희들은 피할 수 있는 힘듦은 피해서 더 빠른 성장할 수 있게 도와주고 싶었어. 굳이 모든 사람이 언니처럼 저돌적으로 할 필요는 없다고 생각하거든. 미리 사업 공부도 많이 하고,

여러 가지 경우의 수를 준비해 놓고 시작해야 해. 사업 공부는 유튜브보다 책을 많이 읽으면 도움이 정말 많이 돼. 언니가 몇 권만 추천해 줄게. 마인드와 사업을 둘 다 잡으려면 골고루 읽어야 하거든. 마케팅 공부도 꾸준히 해야 하는 거 기억해.

- 《파리에서 도시락을 파는 여자》 (켈리 최)
- 《10배의 법칙》 (그랜트 카돈)
- 《고객의 80%는 비싸도 구매한다》 (무라마츠 다츠오)
- 《당신의 삶에 명상이 필요할 때》 (앤디 퍼디컴)
- 《웰씽킹》 (켈리 최)

- 《장사의 신》(우노 다카시)

　좋은 책은 너무나 많지만, 특히 이 책들은 언니가 3번 이상씩 정독한 책이야. 그중에도 '당신의 삶에 명상이 필요할 때' 도서는 내가 아무것도 아닌 거 같고 울적할 때마다 펴서 몇 페이지씩 꾸준히 읽는 소중한 책이지. 책 읽고 싶은 날이 있으면 한 권씩 골라서 읽어봐. 책을 평소에 멀리하는 친구들이 있다면 꼭 독서하는 습관을 만들어 라고 조언 해주고 싶어. 책을 읽는다고 모든 사람이 성공할 순 없지만, 성공한 사람 중엔 독서하지 않는 사람은 존재하지 않아. 하루에 한 장씩 먼저 도전해봐. 언니는 주변에서 '나도 독서해야 하는데'라고 말하는 사람들한테 일단 하루에 5분씩이라도 매일 꾸준하게 읽어보라고 말해 주고 있어. 그렇게 말해도 읽지 않는 사람이 거의 대부분이지만 말이야. 무언가를 하기로 마음먹었다면 곧바로 실행하는 습관을 들여야 해. 언니도 처음엔 잘 못했는데 정말 원하는 목표가 생기면 움직이게 되더라고. 다른 방법으로는 주변 환경을 조성하는 것도 중요한 것 같아. 나를 위한 시간을 자기 전이나 일찍 일어난 새벽에 미리 만들어 놓고 움직이는 거지. 나처럼 아침잠이 많은 친구들은 저녁에 잘 준비 다 끝낸 뒤의 새벽 시간을 활용해 봐. 혼자만의 시간을 꾸준하게 가지면 자신에 대해서도 알게 되고, 주변의 환경이 아무리 악조건이어도 실행할 수 있는 힘이 생겨. 언니의 정말 찐 경험담이야.

난 내 주변 사람들과 이 책을 읽고 있는 너희가 진심으로 잘 되었으면 좋겠다.

앞으로 언니는 다양하게 영역을 넓혀갈 생각이야. 헤어라는 틀 안에 갇혀서가 아닌, 뷰티 사업을 굉장히 넓게 생각하고 있어. 많은 사람 속에서 어울리면서 여러 영역을 넘나들 올해를 기대하는 중이야. 이 책은 최대한 초보 사업가의 관점에서 써 내려갔어. 아직 경영할 생각이 없는 친구가 읽어도 나중에 생각이 날 책이었으면 좋겠다. 자신의 단계에 맞는 부분을 집중적으로 읽어보았으면 좋겠다. 미용이라는 업종은 노력할수록 결과가 보여 질 수 있는 직업인 거 같아. 너희가 어떤 단계에 있던지 그곳에서 최선을 다하면 돼. 남을 아름답게 만들어 줄 수 있는 우리의 직업을 사랑하면서 오늘도 파이팅. 자랑스러운 미용인으로 살아가다가 언젠가 마주칠 날을 기약하자.

예민한 저에게 항상 넘치는 사랑을 주고, 좋은 환경을 만들어 주시는 부모님께 이 책을 바칩니다. 감사합니다.